ベリーズ文庫

【ベリーズ文庫溺愛アンソロジー】

極上の結婚3～帝王&富豪編～

STARTS
スターツ出版株式会社

目次

若き帝王は授かり妻のすべてを奪う

特別書き下ろし番外編

ベリーヒルズビレッジとは? -About?-

高層オフィスビルに緑あふれるコンドミニアム的なレジデンス、総合病院などがある複合タウン。

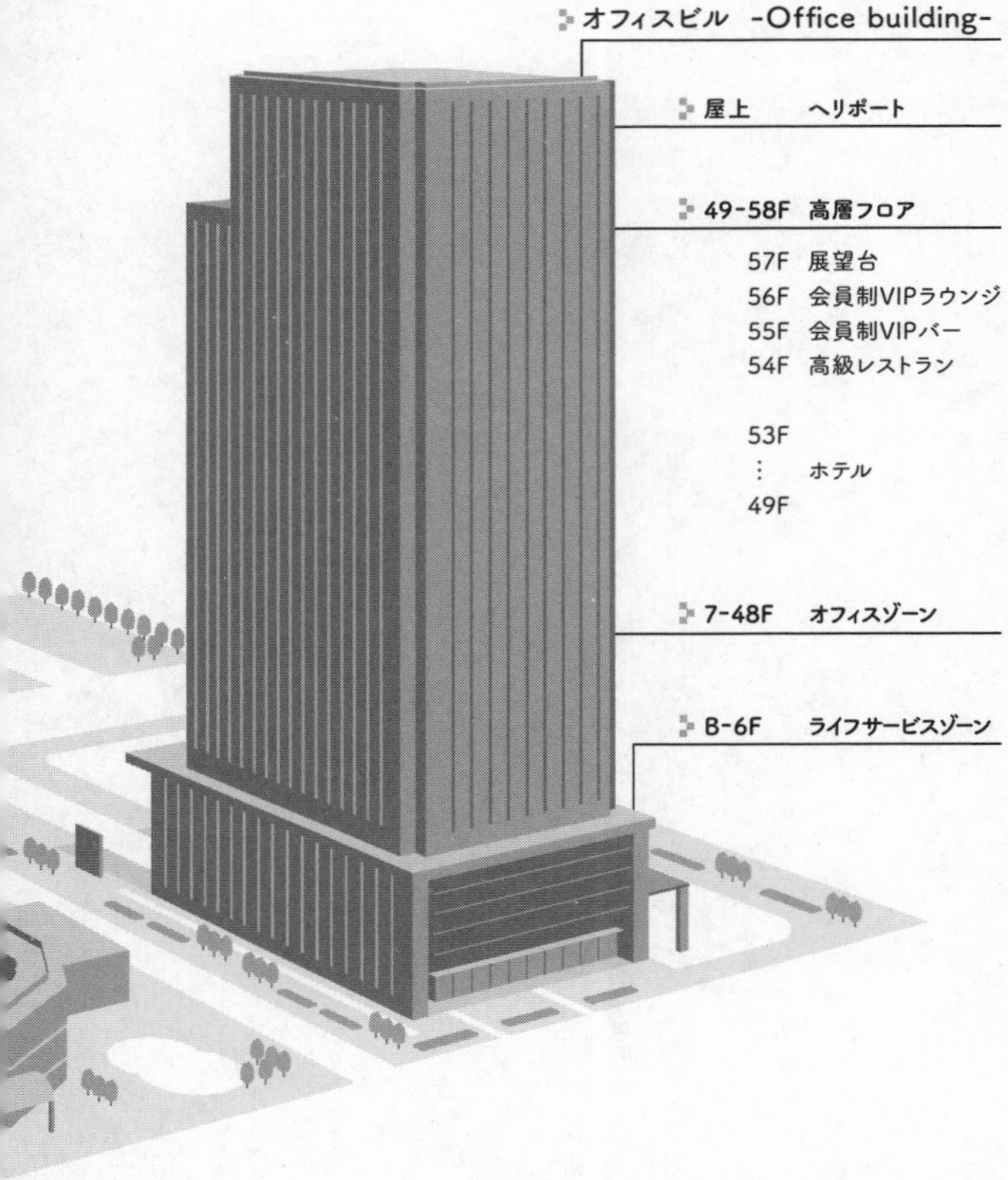

ベリーヒルズビレッジ

Berry Hills Village's Map

レジデンス -Residence-

緑あふれる瀟洒な低層レジデンス。一戸数億円越えの超高級物件で、24時間コンシェルジュも在中している。中には広場も。

病院 -Hospital-

外科、産婦人科など複数の科を持つ総合病院。ホテル並みのセキュリティとサービスを実現し、全室個室という高級病院でもある。

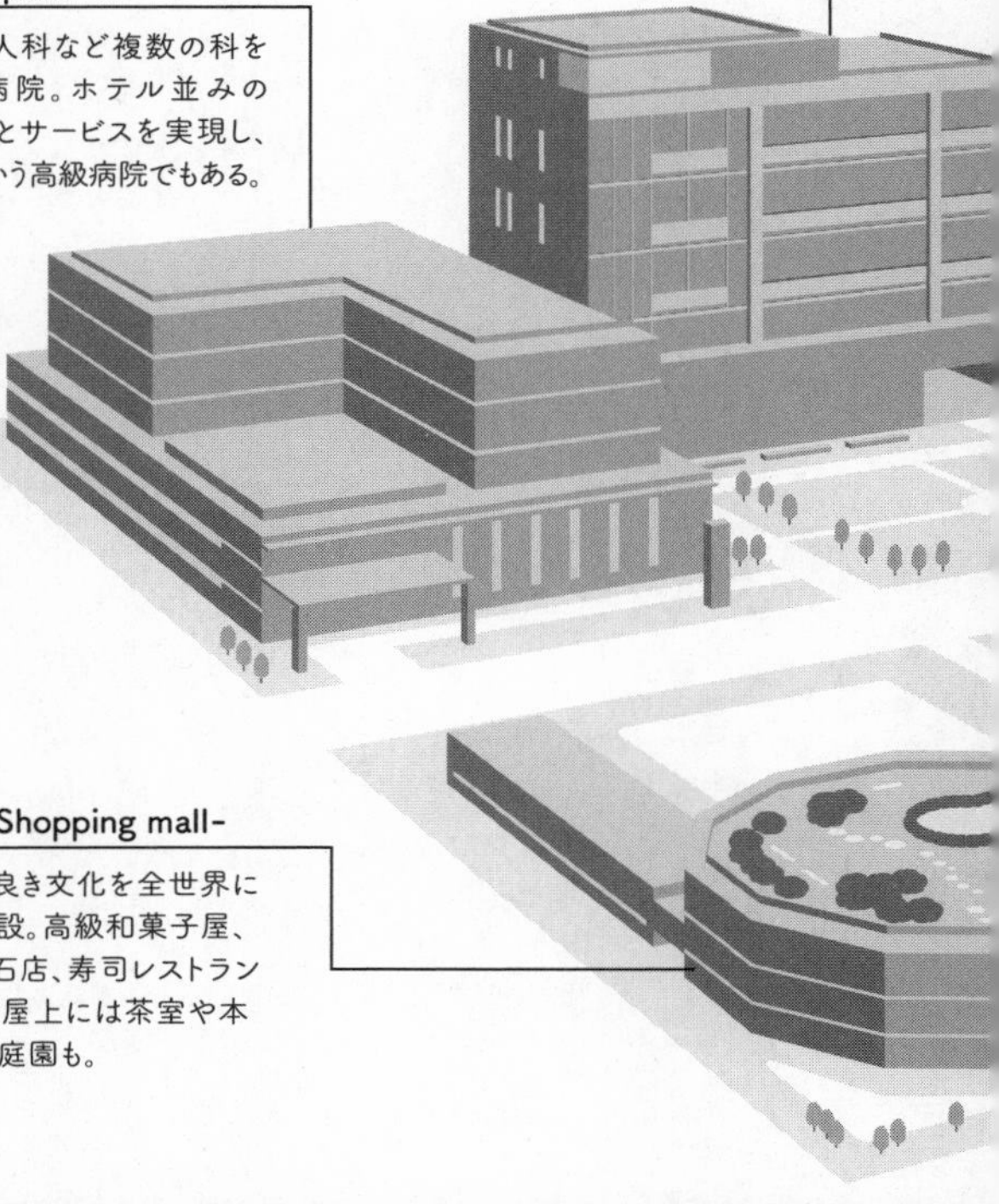

テナント -Shopping mall-

日本の古き良き文化を全世界に発信する施設。高級和菓子屋、呉服店、宝石店、寿司レストランなどが入る。屋上には茶室や本格的な日本庭園も。

クールな彼が独占欲を露わにする理由

西ナナヲ

欠けた出会い

しまった。

景色がけぶるほど強く降っている雨を見て、予報を軽んじたことを後悔した。

書店に入る前は、雲の隙間から夕暮れの空が見えていたのだ。このまま粘ってくれるだろうと高をくくった。

あたりは真っ暗で、気温がぐっと下がっている。

今年はじめて白い息を見たかもしれない。買ったばかりの文庫本をショールの内側に押し込んだ。散歩がてら出てきただけなので、バッグも持っていない。財布と鍵とスマホをデニムのポケットに突っ込んで、普段着にショールを羽織っただけ。

「しかたない、走ろうか」

さいわい足元は、履きつぶしてくたくたになったスエードのモカシンだ。濡れたところで今さら気にならない。

連れがいるような口調でつぶやいてみたけれど、私はひとりだ。声をかけた相手は文庫本。いつもの習慣でブックカバーも袋も断ったから、むき出しの状態で懐に収まっている。

よりによって今日買ったのがこのレーベルだなんて、ついていない。ここの文庫のカバーは表面がコーティングされてないため、水に弱いのだ。

書店のファサードの屋根の下から、大通りを渡る歩道橋を見上げた。通りの反対側には、広々とした上り坂が延びている。小高い丘陵地帯に続く道だ。

丘の上には近代的なオフィスビルがそびえ立っている。ビルだけでなく、足元の一帯がぼんやり雨の中でライトアップされていて、建物が点在していることがわかる。

あの一角が目指す場所だ。

風が弱まった瞬間を狙って、雨の中に飛び出した。

最近、『本は一冊ずつ買う』をルールにしている。読み終わったら次を買う。一日に二度買いに出ることもある。とくに意味はない。そのときの気分で決めた、飽きるまで自分に課すルールだ。逆に『気になった本はとりあえず買っておく』をルールにするときもある。

私は本が好きで、本を好きな人が好きだ。

さまざまな装丁で飾られた単行本。制約の中に版元のこだわりが透ける文庫本。

二十八年の人生の中でもっとも尊敬し愛した〝本好き〟は、五か月前にこの世を去ってしまったけれど。

坂道を一気に駆け上がって、敷地の隅にあるゲートに向かった。ゲートは目立たないこげ茶色に塗られており、地下鉄の入り口みたいな形をしていて、住民だけが使える。地下道でマンションまでつながっているのだ。

柔らかいライトが灯るゲートに飛び込んで、ようやく雨をしのぐことができた。冷えきった手で財布を取り出し、IDカードを探す。

ふいに、同じゲートの屋根の下に、もうひとり人がいることに気づいた。

ぎょっとして、取り出しかけたIDカードを財布に戻す。不審者のいる前でゲートを開けたら、セキュリティの意味がない。

その男性は、ゲートの足元に座り込んで本を読んでいた。私と同じくずぶ濡れで、顔を隠している前髪からぽたぽた水が垂れている。

長い脚を折りたたむようにあぐらをかいて、身を屈めて本に熱中している。襟ぐりの開いた黒いニットから、濡れたうなじが見えた。

しずくのひとつが本のページの上に落ちたとき、彼が前髪をかき上げた。

長い指が通り過ぎたあとに、きれいな額と凛々しい眉と、思わず見とれるくらいすっと通った鼻筋が現れる。私と同い年くらいか、少し下かもしれない。

ゲートを通る様子がないということは、おそらく住民ではないのだ。ここはエリアの裏手で、雨宿り先を探して偶然訪れるような場所じゃない。

ここでなにをしているんだろう。

男性の視線が、本越しに私の足を見たのがわかった。うつむいていた顔が、ぱっとこちらを見上げる。切れ長の目に、髪と同じ真っ黒な瞳。

開いた唇の隙間から、並びのいい歯が見える。彼は顔立ちから想像するよりも、低く響く声で私に尋ねた。

「ここの人？」

身じろぎした私の顔を、クッションの刺繍《ししゅう》の凹凸がこする。

クッションに巻いていたはずのタオルがどこかへいってしまったらしい。このぶんだと、頬《ほお》に刺繍の痕がくっきりついているに違いない。

この大きなカウチは、かつてはひと休みするときに使うくらいだった。今では立派にベッドとして機能している。

昨晩、はじめてこの寝床に、私以外の人を招き入れた。

ふわふわの毛布の中で寝返りを打ち、隣で寝息を立てている彼の横顔を眺めた。

印象的な瞳が閉じられているせいで、顔立ちのインパクトはゆうべより穏やかだ。整った口元もぽかんと緩んで、前歯がのぞいているからなおさら。

濡れたまま眠ってしまった髪はぱさぱさに乾き、軽いウェーブが出ている。濡れているときはまっすぐだったところを見ると、くせっ毛なんだろう。長めの前髪に対して、サイドや襟足はすっきり刈ってある。想像するに、普段は前髪を分けるか上げるかしたスタイルで生活しているんじゃないだろうか。

くうくう眠るあどけない寝顔と対照的に、たくましい首とそこに浮かぶ筋、鎖骨を取り囲む筋肉は男らしく、乾いた熱を放っている。

この部屋の唯一の採光部である小窓は私がタペストリーで覆ってしまったため、朝の明るさは申し訳程度に感じられるだけだ。布越しの光は飴色をしていて、彼のなめらかな肌をぼんやり浮かび上がらせている。

むき出しの肩が寒そうだったので、毛布を引き上げた。片腕を枕にして、仰向けで寝ていた彼は、刺激で少し覚醒したように身じろぎし、こちらに身体を向ける。そして私に腕を回すと、満足そうな息をついて再び静かになった。

ゲートの前で会い、海塚大地《かいづかだいち》という名前以外、ほとんど情報交換をしなかった人。呼吸に合わせて動く胸の温度をしばらく感じてから、私もまた眠った。

次に目覚めたとき、私はひとりだった。

むくんだ顔を揉みほぐしながら、小さな部屋を見回す。カウチの背もたれに引っかかっていたコットンシャツに手を伸ばして羽織った。昨日着ていた服だ。完全にとはいかないけれど、一応乾いている。

カウチと向かい合っている壁には、端から端まで真鍮《しんちゅう》のハンガーパイプが走っていて、私の貧弱なワードローブがぶら下がっている。その下に置いている引き出しからボクサータイプのショーツを出して足を通した。ここ数年、下着はもっぱらこれだ。楽だし、洗濯するのも気兼ねない。色気に欠けるのは承知だけれど、見せる相手もいない。いや、いなかった。

廊下に出ると、ぶるっと身体に震えが走った。冷たい床を踏んで書斎に向かう。

思ったとおり、彼はそこにいた。

濃い茶色に輝くアンティークの家具で埋め尽くされた部屋。大きなマホガニーの机に、ゆったりとした椅子。背もたれにはこげ茶色のガウンがかかっている。

壁の二面を占める窓は、主がこの世を去り、光を入れる理由もなくなったため、木製のブラインドを下ろしっぱなしだ。

だけど今は日光が差し込んでいた。彼が一方のブラインドの角度を変えたらしい。

本棚の前に立っている彼の姿は、私の場所からは逆光になっている。下着だけ着けて、私のショールを肩からかけているというへんてこな装いにもかかわらず、シルエットが絵みたいに美しい。

整ったラインを描く横顔、なめらかに伸びる首、すらっとした脚。

ハードカバーの本を熱心に読んでいた彼は、私が部屋に入っていくと、視線だけ動かして気配の主を確認してから、顔をこちらへ向けた。

「ごめんね、これ、勝手に」

彼が指さしたのは本ではなく、ショールのほうだった。私は首を振って、気にしないでと伝えた。

「服は乾いてなかった？」

「完全には」

「せめてハンガーにかけておけばよかったね、ごめんなさい」

「なんできみが謝るの」

彼が微笑《ほほえ》み、ショールを開くように片手を広げて、指先でちょいちょいと私を招く。

誘われるがままに近寄ると、温かい腕が私の肩を抱いた。

彼が読んでいるのはイギリスで発行された植物図鑑だった。載っているのはすべて架空の植物で、精密な挿絵と大真面目な解説を楽しむ本だ。そもそも英語で書かれているせいで、あいにく私には、そのおもしろさはわからない。

「読めるの？」

「だいたいは。内容より、こんなのを本棚に入れてる人がいるってことがおもしろいね。しかもちゃんと読んだ形跡がある」

「知的なおふざけが好きな人だったから。たぶん」

「〝たぶん〟なの？」

私はショールの中で、両手で自分の身体を抱いて、天井まである本棚を見上げた。彼が怪訝《けげん》そうに私を見ているのがわかる。

「一緒に暮らしてたんでしょ？」

ろくすっぽ自己紹介もしなかったくせに、そんな話はしたんだな、私。

気持ちを切り替えようと大きく息を吸って、後悔した。この部屋には〝彼〟の香りが、まだ色濃く残っている。

年月の刻まれた肌、節の目立つ長い指、いつでもぴんと張っていた背筋。読書や執筆に集中すると、背中が少し丸まるのが人間らしくて好きだった。

「ただの半分住み込みのハウスキーパーだし」

「編集者泣かせの、偏屈な作家だったたって聞くよ。そんなじいさんに家を任されてたんなら、もう少し自信を持ったら？」

「それなりに頼りにされてたとは思ってるけど」

彼が「違うよ」と言いながら、ポンと音を立てて本を閉じた。

埃がふわっと舞い上がり、窓から入る光の筋を浮かび上がらせる。この部屋の掃除をしなくなってから、どれくらいたつだろう。

「きみが、彼を理解してた人間のひとりだってことにだよ」

はっとして隣を見上げた。

あまり人と親しくなるのがうまくない私が、なぜこの人と、出会った瞬間から通じたような気がしたのかわかった。

背筋の伸びた美しい立ち姿。くっきりと凹凸を描く横顔。いつでも興味の対象をさがしているみたいに輝いている、真っ黒な瞳。

祖父と孫ほどに年齢は違うけれど、似ている。

「……コーヒーでも飲む？」

その瞳に吸い込まれるような感覚を覚えつつ尋ねた。

彼の、私の肩に回した手にわずかに力がこもり、引き寄せられる。目を合わせたまま、彼は「その前にシャワーを借りたいかな」と思案気につぶやいた。

「私、名前を教えた？」

「ナコっていう名前なら聞いたよ。あだ名なのかそうじゃないのか、どんな字を書くのかも教えてもらえなかったけど。きみ、酒飲みだね」

断じてそんなことはない。

とはいえ、周囲に漂うウイスキーの香りは無視できない。ゆうべ衝動的に彼をここへつれてきたあと、身体を温めるために一杯提供したのだ。

『ここの人？』

びしょ濡れで見上げてきた彼に、『そうだけど……』と反射的に本当のことを答えていた。自分でもびっくりしているうちに、次の言葉を発していた。

来る？

実際、たいした量は飲んでいないはず。もっと手っ取り早く温まる方法があると、すぐにふたりとも気づいたから。駆け引きなんてものが入り込む余地もないくらい、それこそ転がり落ちるような勢いで私たちは惹かれ合った。

「言われるほど飲んでないと思うんだけど」

私の反論に、彼があきれたように眉を上げる。

「それこそが酒飲みの台詞じゃない？」

「奈良の奈に、子どもの子で〝奈子《なこ》〟。桂《かつら》奈子っていうの」

冗談めかして、「もちろん本名」とつけ加えた。触れる寸前まで近づいていた彼の唇が、ふっと吹き出す。

「俺の名前は覚えてる？」

「海塚大地でしょ。ちゃんと教えてくれた」

「よかった」

なにかを確かめるみたいに、そっと一瞬だけ唇が重なる。ひと晩ですっかり馴染《なじ》んでしまった、整った形の唇。温かくて、少し乾いている。

その唇が、再びゆっくりと近づいてくるのを感じながら尋ねた。

「本名？」

彼が首を傾け、今度は本気でキスをするつもりだと伝えてくる。

「偽名を使う理由ってなに？」

そうだよね。

「聞いてみただけ」

言いながら、この信じがたい状況がおかしくて、今さらながら笑ってしまったのだけれど、夜の熱を思い出させるようなキスでだまらされた。

相楽十五《さがらじゅうご》。

この書斎の元持ち主であり、私の元雇用主である小説家の名前だ。

本好きでなくても彼の名前は知っているだろう。原作を読んだことがなくても、ドラマや映画、有名な登場人物や台詞など、どこかで必ず彼の世界に触れているはず。

連載中の作品を残したまま、五か月前、この書斎で倒れて亡くなった。

享年八十七。

テレビドラマの黎明《れいめい》期に脚本家として働き、のちに小説家に転向。ミステリからサスペンス、ロマンス、児童文学と幅広い作品を世に送り出し、品がありながら高尚すぎない、エンタメに徹した作風で多くの世代から愛された。

「晩年は都心のゴージャスなレジデンスに住み、お気に入りのハウスキーパーに身の回りの世話をさせて、執筆に集中した？」

「ちょっとトゲがあるんじゃない？」

私はコーヒーをいれながら苦情を申し立てた。フレンチプレスのプランジャーを押し下げ、ふたつのマグカップに注ぐ。

香ばしい香りが湯気と一緒に広がった。

宣言どおりシャワーを浴びてさっぱりした大地が、注ぎ終わるのを待ちきれないみたいに、片方のカップの取っ手に指をかけている。

この家に人を招くことはなかったので、食器は最低限しか置いていない。このマグカップも、私と相楽十五氏が使っていたものだ。

すとんとした大味な作りに絵本みたいな花柄が絵付けされた陶製のカップ。似ているけれど揃《そろ》いではなく、片方は彼がなにかのお土産にもらったとかで、片方はそれに似たのを私が雑貨屋で見つけ、自分用として買った。

「あ、おいしい」

ふうふう吹きながらひと口すすった大地が、満足そうに口元を緩める。

「コーヒー好きがいれるコーヒーだ」

「でしょう」

私は胸を張った。ほめてほしいことでほめてもらうのは気分がいい。

「個人的には紅茶党だったんだけど、ここで目覚めたの」

「雇用主に好みまで矯正されちゃった？」

「ねえ、さっきからその言葉のトゲ、なに？　相楽十五が嫌いなの？」

その質問には答えず、彼はカップを持ったままダイニングのほうへ歩いていった。

取り急ぎの着替えとして貸した、私の男女兼用の部屋着を着ている。私が着るとゆるゆるのスウェットのセットアップは、彼の身体にはジャストサイズに少し足りない。

ダイニングのインテリアは書斎ほど手が込んでいない。マンションのもともとの床材であるナチュラルカラーのフローリングに、木製の家具が置いてあるくらいだ。

彼がアイボリーのカーテンを開けると、さっと日が差し込んだ。

部屋の中をきょろきょろと見回してから、こちらを振り返る。

「この部屋、時計ないの？」

「あったんだけど、止まっちゃったから戸棚にしまって、そのまま」

「買おうよ」

「いらないんだもん。たぶん今は朝の九時すぎ。このくらいの精度でわかれば十分だし。必要ならスマホを見るし」

彼はさらにきょろきょろした結果、壁に取りつけられた床暖房のスイッチパネルの時刻表示を見つけて、「合ってる」とつぶやいた。

私はダイニングテーブルに寄りかかってコーヒーを飲みながら、彼がうろうろするのを見守る。やがて彼は、テーブルのそばの小さな書棚の前で屈みこみ、動かなくなった。

「超のつく雑読派だね。なんでも読んだんだな」

「興味はあるのね？」

眉をひそめる私に、「そりゃ有名な作家先生だもの」と肩をすくめる。

嘘《うそ》だ。あからさまにごまかしている。ゆうべ、ここが相楽十五の住居兼アトリエだと説明したとき、『へえ、すごいね？』と一般的な驚きを装いながらも、彼の目がきらめいたことに私は気づいていた。

ミーハー心から、著名人の話にとりあえず食いついたという感じでもなかった。あれは読者の反応だ。

「彼は先生と呼ばれるのをいやがったの」

「まともな感覚だと思うよ」

「でも私は困っちゃって。しかたないから、〝おじいさん〟て呼んでた」

はじけるような声をあげて大地が笑った。

コーヒーがこぼれそうだったので、その手からカップを取り上げる。それでもなお彼は、おなかを抱えて笑い続けていた。

「そんなにおかしい？」

「微笑ましいんだよ。ハウスキーパーとして雇われてたんでしょ？　だったら〝相楽さん〟とか、そういうのが普通なんじゃないの」

「もともとは会社を通して派遣されてただけだから。こういう著名な人の家に派遣される場合、家の持ち主の名前を知らされずに行くことが多いの。たいていは不在中に仕事を終わらせとくようにっていう指示で」

私が登録していたハウスキーパーの派遣会社は、今では珍しくもなくなった家事代行サービスを何十年も前から提供していた、その世界の草分けともいえる企業だ。単価が高いため著名人や経営者など、いわゆるセレブ層がメインターゲット。顧客は紹介制で増やしていくから信用が命だ。

四年前からこの仕事を始めた私は、どういうわけか向いていたらしい。たちまち指名がつくようになり、その中でも贔屓《ひいき》にしてくれたのが相楽十五氏だった。

「最初は不在中の掃除と買い出しくらいだったんだけど、在宅中にも依頼されるようになって、だんだん資料を探したりとか、アシスタントみたいなことも頼まれるようになって。休憩できるように、あの部屋を用意してくれたの」

「あそこ、本当にクローゼットなんだね。朝にあらためて見て、笑っちゃったよ」

「言われてみればでしょ？」

そう、私が寝起きしている部屋は、もとはウォークインクローゼットだったのだ。

十五氏は私のためにそこを空けて、家の中にある家具を好きに運び込むよう言った。

私は書斎にあったカウチと、いくつかの小さな収納家具を選んだ。

大地は床に座り込み、私を見上げて話の続きを待っている。私はカップを返し、隣に腰を下ろした。

「帰りが遅くなって、泊まることも増えて……完全に住み込みって言えるくらいになったのは一年くらい前かなあ」

「その頃住んでた部屋は手放しちゃったの？」

「実はまだ契約してる。ただのワンルームの賃貸マンションだけど」

「ここを相続したんだってゆうべ聞いたけど。それってほんと？」

私は「ほんと」とうなずいた。

「相続税を払って余りあるくらいの預金と一緒に。私はなにも聞かされてなくって」

「一夜にして大富豪だ。どんなお気持ちでした？」

冗談めかした仕草で、私の口元に、マイクを握っているような形の手を差し出す。

私はコーヒーをすすり、十五氏が気の向くまま手に取っていた雑多な本を眺めた。

料理本、昆虫図鑑、ドイツ語で書かれた哲学書、大航海時代の世界地図。

あまりに無頓着に手に取り、適当にページを開いているように見えたので、『読んでます？』とある日聞いたら、『見ている』と堂々とした答えが返ってきた。ふいに書斎から出てきては、一度開いたページをじっと〝見て〟いた。彼なりの気分転換だったんだろう。

コーヒーの香りの中に、ふっと彼の匂いを嗅いだ気がした。家にいるときは一年中着ていた、ウールのガウンの匂い。膨大な蔵書の紙と年月の匂い。

目の奥が熱くなって、顔を伏せる。

「それより、おじいさんに生きていてほしかった」

声が震えた。

クローゼットの中を片づけたと聞いたとき、びっくりした。十五氏は最初、私の部屋にするためだとは説明しなかったのだ。ただ『片づけてみたら使えそうだから』と言った。

『中にあったものはどうしたんです？』

『おおかた捨てたよ。大昔にあつらえた夜会服や外套といった、使いもしないものばかりだったからな。流行りの断捨離だ』

そう語る彼の表情は、せいせいしているように見えた。勘のいい人だったから、自分の命が長くないことを感じ取っていたのかもしれない。

「私、両親を亡くしてるから、実家もなくて。そうするしかなかったからずっとひとり暮らしをしてたけど、べつにそうしたいわけじゃなかったの」

「ゆうべこの家に上げてもらったとき、時が止まったみたいな場所だなって思ったんだよね」

「家族みたいな関係ってわけでもなかったの。あくまでビジネスライクで、お互いのプライベートには干渉しなかったし」

大地が私の肩を抱いた。ぽんぽんと優しく叩《たた》き、頭と頭をぶつけてくる。

「相楽十五が、奈子に居場所をくれたんだね」

膝に顔をうずめて泣いた。

そうなの、あえて時を止めていたの。どこかにさわるたび、彼の気配がはらはらと剥がれ落ちてしまう気がしたから。

「遺品の整理をしなきゃって、ずっと思ってるの。私にはわからないけど、価値のあるものもきっとある。ひとりじゃできないなら、専門家に頼むことも考えたりとか」

「ゆっくり始めればいいよ」

大地が今持っているマグカップは、おじいさんが使っていたものだ。たぶん大地は、絵柄の色的に、私のではないと思えるほうを選んだに違いない。

だれかに使わせることなど考えもしなかったのに、なぜかこの人ならいいと思える。

五か月ぶりに進みだした、この家の時間。

「シャワー浴びてくる」

私は涙を拭《ふ》いて言った。

もうひとりの富豪

「この本……どこが出したのかわからない」

薄暗い書庫で、布張りの薄い本をひっくり返しながら、私は眉根を寄せた。奥付にも個人名しか記載されておらず、出版社名がどこにもない。

私の声を聞きつけ、別の列を担当していた大地が「どれ?」とやってくる。

「これなんだけど……」

「あー、これはあれだ、同人誌だよ。有志が私費で印刷して、製本したものだ。ほら」

彼は冒頭のページを開いて、そこに載っている献辞を見せた。『相楽十五先生への尊敬と愛を込めて』とある。

「中を見るに、何人かでオマージュ作品を書いたみたいだね。文体や作風まで、皮肉なほど上手に真似てる。これを原作者に届ける度胸はたいしたもんだけど、保管してあるってことは、十五氏も気に入ったんだろうな」

「大地って本好き?」

出会ってから一週間弱というもの、ずっと思っていたことを口にした。

大地はいつの間にかここに居ついた。帰ったら、とは私は一度も言わなかったし、彼も帰ると言わなかった。結果的に、ふたりで暮らしている。

はじめて会ったとき、彼が持っていたのは財布とスマホ、そして濡れそぼった文庫本だけだ。それが彼の通常のスタイルなのか、とるものもとりあえず出てきた状態なのかも、私は知らない。

彼はどこからか、最低限の衣服や身の回りのもの——たとえば充電器とか洗面用具とか——を調達し、ここでの生活にすんなり溶け込んだ。肩身が狭そうにするでもなく、我が物顔でのさばるでもなく、ごくごく自然に。

家は、とか仕事は、とか謎な部分はあるけれども、それを言ったら私だって十分謎の生活を送っているわけだし、聞く必要もない気がして、聞いていない。

「うん、なかなかおもしろそうな内容だ」

大地がぱたんと同人誌を閉じた。

「これは古書としては買い取ってもらえないから、というか売ったらまずいから、あっちの棚に入れておこう」

「なんでごまかすの？」

「男で、たいして文化的な外見してるわけでもないのに本好きなんて、なんのアピールにもならないからだよ」

やっぱり本好きなんじゃないか。

ようやく認めた彼は、ばつが悪いのか、ふーっと息をついて本で顔をあおいでいる。

「だれもアピールだなんて思わないのに」

「得しないって意味だよ」

「私は本に興味ゼロの人より、本好きのほうが好きだけど」

「俺は自称本好きに比べたら、正直に興味ないって言う奴のほうが好感を持てるね」

やっとわかった。十五氏や本に関する話題になると急に姿を現すこのトゲは、照れ隠しだったのだ。

大地はつんとした表情のまま、「これ、向こうの棚に入れていい？」と私を見下ろした。なにか家のものをいじるときは必ず私に許可を求める。慣れてきたら消えるだろうと思っていた彼のこういう礼儀正しさは、数日暮らした今もなくならない。

「一応目録に入れたいから、もう一度奥付を見せて」

「どうぞ」

開いてもらったページを見ながら、膝の上に置いたノートＰＣに情報を打ち込んでいく。ちなみに十五氏は手書き原稿からワープロ、ＰＣへとさっさと移行した人で、このノートPCも彼のおさがりだ。

とりあえずなにかしようと、蔵書の目録作りを始めてみたはいいものの、終わりはいっこうに見えない。なにせ十二畳の書庫に天井まである書棚が迷路のように並び、そのすべてが書籍で埋まっているのだ。

だけど、心は不思議とすっきりしていた。

作業を急ぐ理由もない。一冊一冊本を手に取り、タイトルや出版社、著者名、発行年月日などを黙々と入力していく。地道な作業は気持ちを落ち着かせてくれた。

だけど同時に、この静謐《せいひつ》な空間に入るたび感じる。

この意味深い部屋を、私が永遠に持っているわけにはいかない。ここはもっと、価値を理解し、管理方法を知っている人の手に委ねるべきだ。

「ありがと。しまってもらえる？」

「了解。あー、いや……」

本を受け取った大地が、ためらいがちな声を出す。

「どうしたの？」

「やっぱり出しておきたいんだけど、いいかな」

「もちろん。でもなんで？」

「あとで読みたい」

そう言う顔が実に不本意そうなので、笑ってしまった。

「好きなだけ持ってて。そろそろお昼にする？」

「そうだね」

そのとき、ＰＣがメールの受信を知らせてきた。画面の隅に表示された送信者の名前と、サブジェクトの一部がいやでも目に入る。

「……どうしたの？」

大地が眉をひそめた。私の表情が曇ったことに、目ざとく気づいたらしい。

私はメールの中身をざっと確認してから、手招きで〝見ていいよ〟と伝えた。彼が隣にしゃがみ込んで、画面を見つめる。

何度か視線を上下させる横顔は、感心するほど整っている。やがてその顔がぷっとふくれた。

「この代理人て人、失礼だね」

「やっぱりそう思う？」

「ここを売るの？」

すぐには答えず、私はメールを読み返した。

【桂奈子様。貴殿がご所有でいらっしゃる故相良十五氏の邸宅の件につきまして、面談のアポイントのメールを先日送らせていただきました。ご確認いただけましたでしょうか。御多忙中の折、たいへん恐縮ですが、近日中にお返事をいただきたく……】

雇用主を亡くしたハウスキーパーが多忙なわけがない。そのくらいわかっているだろうに。

「まあ、返信してない私が悪いんだけど」

「なんで返信しないの？」

「ここを売るべきかどうかなんて、私に決められると思う？」

ため息をついて、PCを閉じる。無意識に力が入っていたらしく、バチンと思いがけず大きな音がした。

大地はじっとこちらを見ている。気まずくなって私はうつむいた。

私の心中などお察しという声で、優しく彼が尋ねる。

「きみが決めないで、だれが決めるの？」

そうだよね、私しかいない。私が所有しているんだもの。わかってる。

意固地になりそうな心を、歯を食いしばって引き戻した。せっかく一歩踏み出したところなんだから。進まなきゃ。

「食べながら、話を聞いてくれる？」

そろりと視線を動かして、彼のほうを見る。

「喜んで」

彼はにっと笑った。


この一帯はなにもかもが高級志向すぎて、どこを利用するにも気が引けるため、敷地内にスーパーマーケットがあるにもかかわらず普段の買い物は外に出てしている。

しかしすばらしい点がひとつだけある。

パンだ。

「マーケット内のベーカリーがね、涙が出るほどすばらしいの」

「ここで食べさせてもらうパン、おいしいなっていつも思ってたよ」

「でしょ⁉　でもこれまでは非常用に冷凍しておいたのを食べてたから。これを味わってからもう一度言って」

私はキッチンで、今朝焼き立てを買ってきたばかりの食パンを分厚く二枚切り取り、続いて薄く四枚切り取った。

残りはもう自立しないくらいの厚みしかない。すぐまた買ってこないと。

「朝イチでこれを買いに行くときだけ、時計を気にするの」

「少しは俗世と交流してるようで、よかったよ」

あなたに言われたくないんだけど、と視線で伝えてみせると、おっしゃるとおりです、と視線で返ってきた。

「はちみつは大丈夫？　メープルシロップのほうがいい？」

「なにを作ってくれるの？」

「ハニーシュガートーストとサンドイッチ」

自慢のレシピを思い描いて胸を張った私を、大地が「甘いほうがメインなんだ」と笑う。

「はちみつ、好きだよ。最後に食べたのがいつだか思い出せないけど」

「いつもどんな食生活なの？」

はぐらかされるだろうとわかっていて、聞いてみた。予想どおり彼は肩をすくめ、真面目に答えるつもりがないことを隠しもしない。

「ごく一般的な、男のひとり暮らしだよ」

「これ、混ぜてくれる？　できる？」

「そのくらいなら。ねえ、さっきの話を聞かせてよ」

大地はカウンターの向こうから砂糖とバターの入ったボウルを受け取り、危なっかしい手つきで混ぜはじめる。

私はフライパンでバターを熱し、薄く切ったほうのパンを入れた。軽く焼き目がついたら取り出し、今度は目玉焼きを作るため卵をふたつ割り入れる。

「ここを蔵書や私物ごと買い取りたいっていう、奇特なお金持ちがいるんだって」

「まあ、マニアにはたまらない場所だよね」

「出版社経由で、そういう話はほかにもいくつか来たの。でも無視してたら来なくなった。その中で、さっきの人だけは何度も連絡を取ってきて。一度会ってお話をって言われてるんだけど」

「買い取ること自体は悪ではないよね？」

私は渋々うなずいて認める。

「むしろ、いい人がいたら譲りたいと思ってる。前にも言ったと思うけど、私じゃここは正しく維持できないし、住むにしたって贅沢《ぜいたく》すぎるもの」

「それなら、会ってみたらいいじゃん。悩んでるってことは、譲れる相手かもしれないって、可能性を感じてるんじゃないの？」

正直なところ、そのとおりだ。

メールの文章は、煮え切らない私に対してどんどん慇懃無礼《いんぎんぶれい》になってきているものの、提案してきた内容自体はごくまっとうに思える。

十五氏のファンとして、彼が遺したすべてを買い取らせてもらいたい。そのためにあなたと相談したい。それが先方の要望で、もっと具体的な内容をまとめた資料まで添付してきた。

だけど……。

「ちゃんとした人だってどう判断すればいいの？　契約とか重要事項説明書とか、言われてることの半分も私はわからないし。ここの名義変更だって、不安なまま手続きして、やっと終わったところなのに」

「会って、ちゃんとした人だなと感じたら、信じていいと思うけど。もしあとから悪人だったことがわかったとしても、奈子が路頭に迷うわけじゃなし。はい、できたよ」

カウンター越しにボウルを受け取った。熱心にかき混ぜられたバターはすっかり溶けてクリーム状になり、十分以上に砂糖と混ざり合っている。

これを、格子状に切れ込みを入れておいたパンにたっぷり塗って焼く。

「私はおじいさんからここを譲られた責任があるの。勝手なことはできないし、彼が大切にしていたものを荒らされたくもない」

「じゃあそういう契約を結んだらいい。引き渡した状態から部屋に変更を加える際は、必ず奈子の承認を得るように、とか」

大地はカウンターにひじを置いて、興味深そうに私の手元を眺めている。どうやら彼は、自炊をいっさいしない人らしい。家事や炊事については唖然《あぜん》とするほど知識がないし、なにをするにも不器用でおぼつかない。

私は厚切りのパン二枚に手早くバターを塗ってトースターに入れた。タイマーのダイヤルを回す間は、むくれた顔をそむけていられる。

「そんなこと、言える感じの相手じゃない気がする」

「奈子も代理人を立てたら？　不動産売買の仲介業者とか……司法書士でやってくれる人もいるかも。助けてくれる人は必ずいるよ」

「……私、子どもじみてる？」

もう言い分も尽きて、私は肩を落とした。

隣にやってきた大地が、私の頭を両手で挟んで、自分のほうを向かせる。その目はおかしそうにきらめいていた。

「怯《おび》えてるなあとは感じるよ」

「知らないことばかりさせられるんだもの」

「そうだよ。だから奈子が悪いわけじゃないよ。でもやらなきゃいけないなら、なんとかして乗り越える方法を考えないとね」

そう言うと、彼は私の額にそっと唇を押しつけた。

一瞬、私の鼻先に彼の喉ぼとけのあたりがぐっと近づいて、彼の肌の香りがふわっと鼻孔をくすぐる。ひと晩中嗅いでいた、心地いい匂い。

シャンプーもボディソープも同じものを使っているのに、どうして私とは違う匂いがするのか。

ちょっと近すぎる気がして、思わず半歩退いた。日中にこの距離は、身体に毒だ。

私の内心の揺らぎを察したのか、大地がにやっとして、まだ頭を挟んだままの両手で私の髪をくしゃくしゃと揉んだ。

「根元までこの色なんだね。地毛？」

「うん」

生まれつき明るめで、ココアみたいな赤みのある茶色をしている。

染めなくていいから楽だねと言われたりもしたけれど、この色が一番似合うとも思えないし、髪質的につやもないし、とくに得をした記憶はない。

「だれかの遺伝？」

「写真を見る限り、そうでもなさそうなんだけど」

「ご両親のことは、写真でしか知らないの？」

答える前に、トースターがチンと鳴った。

名残惜しさ半分、ほっとした気持ち半分で彼の手から逃れて、トースターの扉を開ける。取り出すのはあとでいい。

フライパンでトーストしておいた薄切りのパンにマヨネーズを塗り、千切りにしたレタスと細かく切ったトマトを散らし、できたばかりの目玉焼きと常備してあるスモークチキンをのせて、シーザードレッシングと粉チーズで味をつけ、もう一枚のパンでサンドする。

同じものをふたつ作り、台形になるように切って、大きなプレート皿二枚にそれぞれを盛った。プレートの空いたスペースに小さなお皿を置き、北欧柄のペーパーナプキンを敷いて、トースターから出したパンをのせる。

溶けたバターがまだジュワジュワと音を立てているところに、はちみつをたっぷりかけて、できあがり。

「はい、持ってって」

ここまでは一瞬の作業だ。ぽかんとして見守っていた大地が、思わずといった感じで手を叩いた。

「すごいね。さすがハウスキーパーさんだ」

「もとから家事が苦じゃなかったんだけど。仕事としてやりはじめてから、これは本当に私の特技なんだなって気づいたの」

しゃべっている間にも、私はミディトマトを半分に切り、パセリと一緒に飾ってプレートを彩った。

フライパンとまな板をさっと洗って片づければ、調理台ももとどおりだ。

「おじいさんは食の好みが広い人で、その時々で和洋中、気ままにリクエストがあったの。私が起きていれば、深夜でもなにか食べたいって言い出すことがあった。私はいつでも応えられるように準備してたの。今も、五分くれたらじゃがいものポタージュを用意できる」

得意になって語ってから、ふと我に返った。

「……まあ、もうリクエストする人もいないんだけど」

それでも五か月の間、準備を欠かすことはなかった。下ごしらえをして冷凍して、いつでも出せるようにしておく生活を、変える勇気がなかった。

プレートをテーブルに並べながら、大地が言う。

それから、私が抱いている心細さを振り払うように、にっこり笑った。

「俺がするよ」

「自信を持ちなよ。ここの今の主は、奈子以外いないよ」

「うん……」

「もしかしたら十五氏が生きてたときから、本当の主は奈子だったんじゃないの？　だから当然のように遺したんだよ、きっと」

とかね、と楽しそうに話す大地を見つめているうち、覚悟が固まった。

よし。

彼を置いてダイニングを出て、書庫に向かう。すぐに用を済ませてダイニングに戻ると、大地はきょとんとしたまま、さっきと同じ姿勢で立っていた。

「なにしに行ったの？」

私は達成感からか、若干肩で息をしながら答えた。

「アポイントの返事をしてきた」

ところが意気込みほどには物事はうまくいかないのだった。

先方の希望で翌々日に会うことになり、その性急さに私はすっかり慌ててしまった。

向こうからしてみれば、とっくの昔に話し合いの準備は済んでいて、あとは約束を取りつけるばかりだったんだろう。

　場所はこのレジデンスの目と鼻の先にあるオフィスビルのカフェを指定された。

いわばこちらの土俵に上がってきてくれたという状態であるにもかかわらず、そもそもこのエリアの住民である自覚のない私にとっては十分にアウェーで、行く前から肩身が狭かった。

　恰好だけは整えてきたつもりだ。ツイードのジャケットにブラウス、秋らしいウールのスラックス。数年前のものだけれど、トラッドなデザインなのでおかしくは見えないはず。

　レジデンスとオフィスビルは地下でつながっているという情報は持っていたものの、そっちのほうへ行ったことがないため地上から入ることにした。

お昼すぎなのに、今にも降りそうな曇天で、歩いているだけで気が滅入る。

オフィスビルは高層階の一部が豪華なホテルになっている。カフェはその中にある。

エレベーターを乗り継ぎ、ホテルのロビーを横切ってカフェに向かった。

　きっちりした制服のスタッフさんに案内されたのは、すべての音を吸収しそうな分厚い絨毯《じゅうたん》が敷かれた個室だった。

カフェというから、オープンスペースでざっくばらんな雰囲気を作ってくれる気なんだろうと高をくくっていた私は、この時点で完全に空気にのまれていた。

先方は先に来ていた。ドアを開けて入っていった私を見るなり、布張りの椅子からさっと立ち上がって美しく微笑む。

「はじめまして。斉條成一《さいじょうせいいち》と申します。お呼び立てして申し訳ございません。お会いできて光栄です」

スーツに包まれた、見上げるような長身の上に、モデルかと思うような小さな顔がついている。顔立ちも、まぶしくて直視できないような整いっぷりで、なにも塗っていないはずなのに真っ白ですべすべした肌と、日本人離れした目鼻立ちと、グレーっぽい明るい色の瞳だけなんとか確認できた。

「まずはこちらの構想からご説明したいと思います。実際に中を見せていただいてからでないと確実なことは申し上げられないのですが、相楽十五氏が生活していた当時のまま残し、『相楽十五記念館』とでもいったようなメモリアルな場所にすることをひとつ、考えております」

「は、はい」

「蔵書の目録などは作成されてらしたのでしょうか？　また私物についてもリストを

いただきたく、これをすべてお願いするのはさすがにご負担でしょうから、差し支えなければ当方のスタッフを用意させていただきますが」

「あの、ええと、蔵書のほうは、ちょっと取りかかってまして」

「そうですか！　いつ頃完成する予定ですか？」

「……さあ……、まだ、全体の一割も終わっていないくらいで……」

「一度、家の中を拝見できないでしょうか。失礼ながらレジデンスの同じ構造の部屋の間取り図は入手させていただきました。ですがおそらくここから手を加えてお住まいだったと思われます。正確な間取りを……」

もはや私がいっぱいいっぱいであることに気づいたんだろう。彼は、そんなこともあろうかと、と言わんばかりに準備よく、薄いファイルを取り出した。

「当方の要望はこちらにすべて記載しております。お目通しいただき、また後日、ご相談させてください」

はっと我に返ったときは、私はひとり、そのファイルを抱いてレジデンスのエレベーターに乗っていた。

「準備不足だった。気持ちの面でもう負けてたと思います」

「アスリートの会見じゃないんだから」

挫折《ざせつ》感に打ちひしがれて帰った私を、大地は一見温かく、内心では絶対にちょっとおもしろがりつつ迎え入れた。悲しいことに、結局雨にまで降られた。

「また会うんでしょ？　それまでに対策を立てよう」

「うん……」

「少なくとも悪人ではなかったみたいだね、相手は」

そういえばそうだと、ジャケットを脱ぎながら考えた。あの人との交渉についていけるか不安にはなったものの、信用できない人という印象は受けなかった。

そのおかげか、成功したとは言いがたい初対面だったにもかかわらず、妙に気が楽だ。肩の荷が下りたような気分。

「そうみたい」

「着替えてきなよ。紅茶をいれておいてあげる」

「できる？」

思わず聞き返した私に、「何度もやってるじゃん」と大地が不服そうにする。

以前、ケトルに水を入れて調理器にかけ、『沸いたら注いでね』と指示をしたところ、『どうなったら沸いてるってことなの？』と聞いてきたのだ。

電子レンジも〝自動あたため〟以外は使えない、洗濯もおぼつかない。機械音痴ではないので教えればどんどん学ぶものの、これを〝一般的な男のひとり暮らし〟と呼んだら一般の男性に申し訳ない。

だけど彼の言うとおり、たしかに紅茶を入れるのは上手になった。

「じゃあ、よろしくね」

「任せて」

自信満々に親指を立てる彼に、くすくす笑いながら廊下へ出た。

細長い極小の部屋に入ると、緊張が解けてほっと落ち着く。ジャケットスタイルを脱ぎ捨て、楽なニットを頭からかぶった。

「家中の私物すべてのリストが欲しいんだって」

大きな声で話しかけると、開け放したドアから返事が聞こえた。

「そりゃそうだろうね。お互いが中身を把握してない売買なんてあり得ない。リストがなかったら、後々困るのは奈子だよ」

「できると思う？」

ジーンズに足を通し、脱いだ服をハンガーにかけてダイニングに戻った。

大地はキッチンで、広げたファイルを横目で見ながらポットに茶葉を入れている。

私も横に立ち、それを眺めた。

「本と一緒だよ。まずやってみよう。よくわからないものって怖い。少しのぞいてみるだけで、安心できるはずだよ」

「うん」

「ところでその斉條さんて、だれの代理をしてるの？　教えてもらえた？」

「ああ、うん。それは最初から聞かされてるの。駿河《するが》大地さんていう人、聞いたことない？　投資家？　実業家？　みたいな人」

強気な発言がよくインターネットで話題になっている人だ。

学生時代から自作のサイトで月に数十万円を稼いでいたとか、採用試験で提案した新事業案が採用されて大成功したとか、いくつかの逸話は私でも知っている。

大地が目を見開いて、「あるよ、もちろん」とうなずく。

「あの駿河大地なの？　俺、著書も読んでるよ」

「ふうん」

ネットバブル崩壊後の世界で成長した、新世代の革命児としてＩＴ業界に降り立ち、今はいくつかの会社の顧問を兼任。オンラインサロンなども開いている。

「……ってネットで見た。オンラインサロンてなに？」

「言葉のとおりだよ。共通の興味を持つ人だけが入れるネットワークを作って、そこで情報共有したり講座を開いたりする、最近の文化」

「そういうの、詳しいの？」

「少なくとも奈子よりは知ってると思うよ。駿河大地についても。同じ名前だし」

名前、関係ある？

まあ、私は一般平均よりも、世の中の情報に疎い自信はある。SNSと呼ばれるものはひとつもアカウントを持っていないし、テレビはうるさいから苦手。

買い手の正体がよほど衝撃だったのか、大地はまだ、へえ、とか、わあ、とかぶつぶつ言っている。

「あの人なんだ。なんでここが欲しいんだろう。本の蒐集《しゅうしゅう》家ってイメージでもないよね」

「相楽十五のファンではあるらしいんだけど……それ以上のことは知らない。なにかヒントがあるかなと思って、私も駿河大地の本を読んだんだけど、経営の話ばかりでやっぱりなにもわからなかった」

「なるほどね。それで代理人があの態度じゃ、奈子が警戒したのも無理ない」

「ここを渡していい相手だと思う？」

グラグラと中身が沸騰したケトルを、大地が軽々と持ち上げ、ポットに注ぐ。湯気と一緒に紅茶の香りが立ち上った。

「まずは向こうの要望を、ひとつひとつ確認してからだね」

ポットに蓋をして、ティーコゼをかぶせる。教えたとおりの手順を、律義になぞっている。やればめきめき家事が上達するに違いない。仕込んでみようか。

「よし、四分！」

仕上げに砂時計をひっくり返し、大地は満足そうにぱちんと指を鳴らした。

その様子を見ていると、気持ちが軽くなってくる。

「うん。私の要望も、まとめてみる」

「手伝うよ」

にっこりする大地に、私も笑い返した。

「ありがと」

でも、なるべく自分の力でやってみよう。おじいさんも、それを期待していたに違いないのだから。

糸のように細くなって落ちていく砂を見つめながら、ふと考えた。

そもそもおじいさんは、なぜここを私に遺そうなんて考えたんだろう？

目録を提供してから、向こうが買い取り額を算出する。算出には三週間ほどいただきたい、とある。その後金額の交渉をして、三月には売買契約を締結したい、と……。

「ええと、つまり、目録が必要になるのは遅くとも……」

頭の中で期限を計算しようとしたのに、何度やってもできない。

ダメだ、限界だ。眠い。

暖かくしているのがまずいのかも、と肩にかけていたブランケットをはらいのけ、冷めたコーヒーをひと口飲んだ。

斉條さんから受け取ったファイルに、もう一度集中を試みる。

キッチンのドアが開く音がして、パジャマ姿の大地がそっと入ってきた。ダイニングテーブルにいた私は、手を振ってこちらの存在を知らせる。水でも飲みに来たんだろう、大地もひらひらと手を振り返した。

オレンジ色の照明だけを灯した空間で、ファイルとノートとにらめっこを続ける。

あくびを噛み殺したとき、湯気の立ったマグカップが目の前に置かれた。

顔を上げた私に、大地が笑いかける。

「お疲れさま。そろそろ寝たほうがいいよ」

「何時？」

「一時半」

まだ、なのかもう、なのか微妙な時刻だ。私の場合翌朝に勤めがあるわけでもない。

「でも、来週会う約束だし」

「だからこそだよ。疲れた顔してたら、会った瞬間また負けちゃうよ」

べつに勝負しに行くわけではないものの、私はむっと考え込んだ。

勉強は昔から苦手だった。身体を動かしているほうが好きで、かといってスポーツも好きじゃなく、ようするに家事は本当に私に向いていたのだ。無心で身体を動かしていられるし、結果として生活が整うというおまけがつく。

切り上げて眠るべきかもっと粘るか、悩みながらカップに手を伸ばす。中身はホットミルクだった。ほんのりバニラとブランデーの香りがする。

「こんなの飲んだら寝ちゃう」

「そりゃ、眠ってほしくて作ったんだから」

「ちょっと、こぼれる」

向かいの椅子に座る気かと思っていたら、大地が選んだのは私の座っている椅子だった。大ぶりな椅子だから、ふたりで座れないこともないけれど、きつい。邪魔、と文句を言う私にかまわず、彼は私と背もたれの間にぐいぐい身体を押し込んで、そこに落ち着いた。

「どこで悩んでたの」

背後から長い腕が伸びてきて、見ていたファイルをなんなく取り上げる。

「日程のところ。少しやってみて、私物の目録作りはやっぱりプロの手を借りないと無理だってわかったじゃない？　やってくれる人を自分で探すか、向こうにお願いするか、迷ってて」

「なるほどね」

だれに依頼するにしても、期日がわからなかったら頼めない。だから斉條さんから提案された契約の期日をベースに、仮のスケジュールを引いてみようと思ったのだ。と説明をしたところ、ファイルのページをめくっていた大地の手が止まった。

「奈子って、ハウスキーパーになる前、会社勤めしてたでしょ？」

「数年だけだけど。編集プロダクションに」

「やっぱり」

「よくわかったね」

彼は私の肩に顎を乗せ、「感じる、なんとなく」とうなずく。

そういうものなのか。

ブランデーの影響がもう表れたのか、頭がぼんやりしてくる。身体から力を抜くと、温かくて弾力があり、多少ごつごつしている身体が私を受け止めた。

大地がファイルをテーブルに置いたので、反射的に、抱きしめてもらえるのかと期待した。

違った。彼はおもむろに、私のおなかと背中をそれぞれの手でなではじめる。私は思わず眉をひそめた。

「なに？」

「あったまってきたなと思って。おもしろいよね、あったかいものを飲むと、ほんとにこのへんが熱くなるんだ」

円を描くように胃の前後をさすりながら、興味深そうに大地が言う。そんなふうにされると、具合の悪い人になったみたいな気がする。

だけど実際、くたくたになった綿のインナーの、柔らかい毛羽が肌をこすってなんとも気持ちがいい。

「気持ちいいって思ってるでしょ」

「そりゃあね。……ちょっと、ねえ」

次第に手がおかしなところを探りはじめたので、身をよじった。とはいえ服の中に潜り込まれてしまうと、逃げようがない。

あんまり動くと椅子からずり落ちてしまうため、できる抵抗も限られていて、私はあえなく陥落した。

「これがしたくて起きてたの？」

「人を欲求不満みたいに」

心外そうな声とは裏腹に、手のひらは堂々と素肌をまさぐっている。

彼が着ているフランネルのパジャマも、もともと私のものだ。少し前まで自分のものだった服をまとった腕に、こうして包まれているというのはおかしな感じがする。

私は身体をねじってうしろを向いた。無言でねだったのを察して、大地はたっぷりと丁寧なキスをくれた。

だけど、ここまでだ。

向こうの胸を押しやった意図を、彼は再び明確に理解してくれる。

「あっち行く？」

心を探るように目をのぞき込み、私の部屋があるほうを指さして微笑んだ。自室以外の場所では、こういうことはしない。ここは私が所有してはいるけれど、私のものではないから。

ルールというほど大げさでもない、ただ私がそうしたいと感じる、いわばポリシーだ。それを大地は、生真面目だなあという顔をしながらも、尊重してくれる。

「先に行ってて。顔を洗って歯を磨いてから行く」

「寝る前のルーティンに混ぜないでくれない？　さすがに傷つくよ」

そう言ったって、事実そのあとには寝るんだから、する前に終わらせておきたいこともあるのだ。

心外そうな顔の大地を置いて、椅子を下りた。ＰＣを閉じてテーブルの上をざっと片づける。大地があきらめたように小さく吹き出して、立ち上がった。

「急いでね」

額にそっと唇を押しつけて、きちんと椅子を直してからダイニングを出ていく。くつろいだ背中は、すっかりここの住人みたいだ。

いや、すっかりという表現は正しくないかもしれない。最初から驚くほどしっくり馴染んでいたんだから。

洗面所に行くため廊下に出ると、私の部屋のドアの隙間から、明かりが漏れているのが見えた。枕元のスタンドライトの色だ。

きっとその明かりの下で、書庫から持ち出した本を読んでいる。

洗面台の水を出し、ヘアバンドで髪を上げ、水がお湯になるのを待つ間、なんとなく正面の鏡を見つめた。

この家の中で一番青白い洗面台のライトの下ですら、私は今にも笑い出しそうな顔をしていた。頬に健康的な赤みが差し、肌がつやつやしているのがわかる。

おじいさんがいなくなってからというもの、食事にも睡眠にも無頓着になって、鏡を見る意味も忘れるほど生気が衰えていたのに。

〝生き返った〟？　〝生まれ直した〟？

そんな感じだ。苦笑が漏れた。

「わかりやすいよね」

「なにが？」

お湯になったのを確認して身を屈めたとき、突然声が聞こえてきたから仰天した。

顔を上げると、こちらの驚きぶりに驚いている様子の大地と鏡の中で目が合って、私は再度ぎょっとするはめになる。

私たちは同時に、「どうしたの？」と同じことを聞いた。鏡越しに一瞬、どちらが先に答えるかを探り合ってから、大地が口を開く。

「歯を磨いたあとなのに、部屋にあったチョコをうっかりつまんじゃってさ。もう一度磨こうかと思って」

言いながら鏡の扉を開け、中の棚から歯ブラシを取り出す。私は横にずれて、洗面台の正面を譲った。

歯ブラシをくわえた大地が、「で？」と横目で私を見る。

「で？」

「さっき、二回驚いてたでしょ。なんだったの」

「ああ」

再び場所を譲ってもらい、お湯で顔を洗った。続いて軽くクレンジングをする。

「鏡越しに、ふっと見えた大地がね、おじいさんに見えて」

「なんだろ、姿勢が悪いのかな。いてっ」

手がふさがっているので、彼の足を蹴った。

「お年寄りに見えたって意味じゃなくて。わかってるくせに」

「冗談だよ。そんなに似てる？」

「うーん……最初はすごくそう思ったんだけど。今は大地のほうを見慣れちゃって、よくわからない。でもさっきはびっくりした」

泡の洗顔料を顔につけてあちこちこすっていたら、また横に押しのけられた。大地が口をすすぐ音を、目をつむって聴く。

「似てるって言われるの、いやならやめるけど」

「やめなくていいよ。相楽十五は女性人気も高かったし。昔の写真を見ると、ハンサムで驚くよね」

「晩年も本当に素敵だったの。老いを嘆きつつ、楽しんでた」

まぶたの裏によみがえる、ウールのガウンを羽織った姿。広い背中でたわむ共布《ともぬの》のベルト。グレイヘアをうしろになでつけた長身痩躯《そうく》は、窓際に立てば映画のワンシーンみたいに絵になった。

水道が空いたようなので、手探りでお湯を両手ですくい、泡を洗い流す。

「奈子はおじいさんロスだね」

「五か月もたつのに、情けないよね」

「時間は関係ないよ。埋まるか癒えるかするまでは続いて当然なんだから」

脇に置いておいたタオルに手を伸ばしたら、タオルのほうからやってきた。

「ありがと」

顔を拭き、保湿クリームを塗ればスキンケアは終わりだ。以前はマニュアルどおりに化粧水やら美容液やらを使っていたのだけれど、肌がきれいなおじいさんを見習ってどんどん削っていったら、これで問題ないと気づいた。

歯ブラシを取ろうと、棚に手を伸ばす。

扉を開けたとたん、横から伸びてきた手がそれをパタンと閉めた。大地はそのまま私の手を取り、顔の前まで持っていくと、手首の内側に唇を押し当てる。

「もう限界。行こ」

「歯を磨く時間も待てないの？」

言葉のわりに、態度は落ち着いていて性急さも感じない。だけど唇をくっつけたまま、指を絡めるように手を握り込んで、じっと私を見つめる目は、冗談だとも言っていなかった。

「待てない」

たったの二、三分じゃないか。という文句を口に出すひまも与えず、彼は私を部屋まで引っ張っていき、カウチに寝かせて抱きしめた。

待てないなんて言ったくせに手つきは穏やかで、ゆっくり、そうっと、この時間を楽しもうねと伝えてくる。

仮にも元職場で、こんなただれた行為。

自分にあきれないでもないけれど、不思議と罪悪感はない。

大地が暮らしに飛び込んできてからのほうが、ずっと健全で人間らしい生活をしているからだと思う。

雇用主と一緒に、仕事も自分の存在意義もなくした五か月間。宅配便を受け取るとか、開店時間内にお店に行くとか、点のようにタスクがあるだけで、あとは朝も昼も夜もなかった。

朝は起きて日中は活動し、夜は眠る。久しぶりに取り戻した人間としてあたり前のリズム。こんなふうに体温を溶け合わせてから、引いていく汗とともに眠りにつく。それは動物的なようでいて、むしろとても人間くさくも思える。

部屋のすべてのライトを消しても、廊下のフットライトと、小さな窓から建物自体の照明がぼんやり室内に入り込んで、抱き合っている相手の肌が汗ばんでくる様子くらいは見える。

私がずっと目を開けていることに気づいたのか、目が合った大地が、眉を上げて『なに?』という表情をした。答えずにじっと見つめ続けると、根負けしたように苦

笑して、大きな手で私の視界をふさぎ、目隠しをする。

なにも見えない中でのキスは、汗の味。

この人は相変わらず、自分については語らない。なぜここにい続けるのかも、いつまでいる気なのかもわからない。

昼間は従順な居候《いそうろう》を装うくせに、夜はこうして熱っぽく誘う。こればかりが目的でもないことは、私が一番わかっている。その場しのぎの満足のために、こんなに真摯に相手を知ろうとする人なんていない。

毎日、毎回。時間をかけて私を幸せに浸してから、ようやく自分のことに移る。私の悦びが大きいほど彼もうれしそうにする。自尊心が満たされたからじゃなくて、たぶん純粋に、私のために。

「声、我慢することないのに。だれにも聞こえないんだから」

背もたれの木枠を握りしめ、必死に耐える私の耳に、大地がささやいた。私はぎゅっと目を閉じ、首を横に振った。

この部屋は私の空間だけれど、ほかはただ、一時的に預かっているだけの場所だ。声が漏れ出ていってしまったら、それは私のやりたいことと違う。

「真面目だなあ」とあきれながら、私の頬に口づける。

火照った頬に、同じくらい熱い唇。

当然だけれど彼が愛をささやくことはなく、それこそ真面目だなあと感じる。

もともと眠気がすぐそこまで来ていたこの夜は、最後に彼の呼吸が大きく乱れた瞬間、睡魔に襲われふっと意識が遠のいた。

目を閉じたが最後、沼に沈むように、とぷんと眠りに落ちた。

「すごくよさそうだったから、なにかひと言あるかと思ったら、『パンを買いたいから八時に起こして』だもんなあ」

焼き立ての食パンを前に、大地が口をとがらせてぼやいている。

翌朝は見事な秋晴れで、頭上は見渡す限り真っ青だ。

エリア内にあるショッピングモールの片隅に、朝早くから開いているベーカリーがある。建物の外に面しており、地上階にあるので入りやすく、ほとんどのテナントがまだ開店前でしんとしている中、対面のオフィスビルに勤める人たちが次々に立ち寄っては軽食用にサンドイッチを買っていく。

イートインも可能で、店内で買ったパンを好きに食べられる。私たちはだれもいないテラス席で寒さに震えながら、二斤サイズの食パンを端からちぎっては口に運んだ。

真っ白な生地から、ふわっと湯気が舞う。

この時間に行くと、店頭に並ぶ前の、本当に焼き立ての食パンを買えるのだ。焼き立てすぎて切れないので、ちぎるしかない。

「スーツ着て食パンを丸のまま買ってくって、どういう人？　会社で調理するの？」

「手土産にするの。ここの特製食パンは有名だから。ほら、手提げ袋に入れてくれるでしょ」

つやつやした白い紙袋を提げて出ていく人を、私はそっと指さした。首をねじって見送った大地が、あーと納得の声をあげる。

「でも私は、こっちの普通の食パンのほうが好き。素朴で」

「毎日食べるものは、素朴が一番だよね」

次々オフィスビルに吸い込まれていく人たちを横目に、私たちはバターもジャムもつけずに一斤近くを平らげた。

ふーっと息をついて、大地が椅子の背もたれに寄りかかる。

「これ、危険」

「でしょ」

「上着を買おうかなあ」

肩をすぼめ、両手をこすり合わせる彼は、ニット姿だ。はじめて会ったとき着ていたものだけれど、今はあのときよりだいぶ寒そうに見える。季節の進みは早い。

「明日からまた、降ったり止んだりみたい」

「今年は秋雨《あきさめ》前線が残業してるね」

「うち、傘がないから、使いたければそれも買ってね」

大地はきょとんとした。

「ないって、なんで？　出先でなくしてくるタイプ？」

「もともと置いてないの。あっても差さないから」

大きな目が、ますます大きく、丸くなる。

「濡れちゃうじゃん」

「濡れてもよくない？」

「奈子のポリシー？　それとも相楽十五の？」

私は帰ったらすぐコーヒーをいれようと考えながら、「両方」と答えた。

「偶然、ふたりとも傘嫌いだったの。濡れたら乾かせばいいし、土砂降りなら家にいればいい。半端にしのぐ必要がわからないって」

「だから俺と会ったときも、ずぶ濡れのわりに平然としてたんだな」

そっちはさらに本なんて読んでいたくせに。

指摘を無視し、大地はわざとらしく手に息を吹きかけて温めている。いくらなんでもそこまで寒くない。

「それにあのときは私、珍しく雨をよけて走ったんだから。本をかばうために」

「風呂入りながら読むのに、雨はダメなの？」

「お風呂では濡らさないように気をつけてるの。まあ文庫本は基本、読んだら捨てちゃうんだけど。でも雨で濡らすのは、ぜんぜん別の話」

「捨てちゃうんだ？」

「溜め続けるなんてできないもの。また読みたくなったら買う」

「売ったりは」

「本は中古市場に流さないことにしてる。中古本も、新本で手に入らない本以外は買わないし。あ、でも、腹が立つくらいつまらなかった本は売るときもある」

妙に笑いを含んだ顔で大地がこちらを見るので、私は「なに？」と声をとがらせた。

「いや」と今度ははっきり笑いながら彼が言う。

「そういうところなんだろうな、と思って」

「人のこと言える？」

「相楽十五が、きみをそばに置きたいと思った理由」

「なにが？」

優しく微笑む視線は、私の心にぽっかり空いた穴を見透かしているみたいだ。早く埋まるといいね、と言ってもらった気がする。

小高いこのエリアは、ふんだんに植えられた木々が色づくのも少し早い。視線を上げると、銀色に輝くオフィスビルと、紅葉と空の青とのコントラストが視界いっぱいに広がった。

そうなの、おじいさん？

もう確かめようがない。生前に聞いておくんだった。尋ねたところで、素直に教えてくれる人ではなかったけれど。

「本の話で思い出したよ。出版業界にいたんだっけね」

「うん」

「なんで辞めたの？」

私はテーブルの上のパンに手をかざし、温もりが消えているのを確かめた。紙袋から取り出し、買ったときにもらった保存用の透明な袋に入れ替える。適当なタイミングでこうしないと、今度は乾燥してしまうのだ。

「私、大学に行ってないの。高校の頃はもう父も亡くなってて、母も身体を壊してたから、親戚の家で暮らしてて、そんな中で、行きたいって言えなくて」

「うん」

「本が好きだったから、本の世界に入りたくて、編プロに就職したの。わりと大手で、私も読んでた文芸誌なんかも扱ってて、仕事は楽しかった。途中までは」

ひんやりしたスチール製のテーブルの上で、私は手を組み合わせた。急に冷えてきた気がして、乾いた唇をなめて湿らせる。

「あるときから、任されてる仕事の種類の違いに気づいたの。責任の重い仕事は大卒の人に声がかかる。経験の有無とか関係なしに。働き続けたら私もそういう仕事を任されるようになるだろうって信じてがんばったんだけど、違って」

説明しながら、久しぶりに当時を思い出した。毎朝大きなトートバッグを肩にかけて、地下鉄で通勤していた日々。

決してマイナスの思い出じゃない。だけど声に出して振り返ると、意図している以上に深刻な響きに聞こえる気がして、努めて平静な声を出した。

「なんだか急に気力が消えて、辞めちゃった」

少しの間、沈黙が降りた。

大地がなにも言わないので、彼のほうを見ると、彼は腕組みをして、優しい目つきで、こちらを見ていた。

「それからどうしたの？」

「ええと……、一年くらい販売とか接客のアルバイトで食いつないで、それからハウスキーピングの派遣会社に登録したの。研修も受けて」

「あれだね。だんだんと、人とのつながりが浅い仕事になってきてる」

「わかる？」と我ながら情けない顔になる。

もともと社交的とは言いがたい性格だったのが、出版社での経験以来、いっそうその傾向が強まった。人との持続的な関わりが求められる仕事が耐えがたく、そういうものから逃げてきたのだ。

ため息交じりの声が出た。

「普通、逆だよね。人生経験を積むうちに上手になってくものなのに」

「人それぞれじゃない？　抜け道があるなら使えばいいんだよ」

「そうかな……」

「で、そこで重宝されて、今の家で働くようになったんだ」

私はうなずき、「前にも言ったけど」と続ける。

「顧客がだれだかは知らずに働きはじめたの。おじいさんは渋々だけど健康維持のために散歩を日課にしてて、その間に家をきれいにしておくのが依頼だった」

だけどあるとき、いつものように指定の時刻に行ったら、本人に出迎えられた。目の前に立っている長身の老人がだれだか、すぐにわかった。本好きでなくてもわかる人は多いだろう。ただ彼がメディアの前に姿を見せなくなって数年がたっていたので、一般的に知られている容姿といくらか差はあった。

ぽかんと玄関先に立ち尽くす私を頭の先から爪先まで観察してから、彼は一文字に引き結ばれた口を開いた。

『思っていたより、さらに若いな』

「推理してたんだって。私の掃除のしかたとか、残り香とか、そういうものから。それが当たってるかどうか確かめようとしたみたい」

「ほんと、天才と変態って紙一重だよね」

「あとは純粋に、仕事ぶりを気に入ってくれたみたいなの。直接そうは言わなかったけど。『これからは私のいるときに来るといい』って」

言いながら、テーブルの下で大地の足を蹴る。

「ふうん」

「『ただし仕事の邪魔はされたくない』って言って、鍵をくれた」

「その手法、いいね。俺も使おう」

仕返しのように軽薄なことを言ってみせる。乗るものかと思いつつも、気になってしまって、つい身を乗り出して尋ねた。

「やっぱりそういうタイプなの？」

「え？」

「女の子が好きなの？」

大地の顔が、なんともいえない、失望しているような傷ついているような、笑い出しそうなような、不思議な感じに歪《ゆが》む。

「そう見える？」

「見えるっていうか……」

事実、今、こんな状態じゃない？

ということを示したくて、両手を広げて私たちを指す。理解した証拠に、大地はむっとした顔つきで、「それこそお互いさまだよね」と言った。

「奈子こそ、久しぶりって言ってたのは本当ぽいけど、経験はそこそこあるよね」

「だって、この歳だし……」

「どんな歳でも、ない人はないよ」

「どこで知った事例？」

女の私でも、ほかの女性の経験事情なんて知らないのに。単に友だちがいないせいかもしれないけれど。

眉をひそめた私の疑問を、大地はあからさまに無視した。

「とにかく、だれにでも手を出すみたいに思われるのは心外」

「そこまでは思ってないけど。私の場合はね、なんていうか、地方出身でもなく実家暮らしでもない女って、ちょうどいい気楽さがあるみたいで、会社時代とか、バイト時代とか、知り合うとちょこちょこ……」

「べつに説明は求めてないから」

「あ、そう……？」

私はおとなしく口を閉じた。聞きたがっているのかと思ったのに、違ったのか。

遊んでいたわけでもないけれど、向こうから来たら断りはしなかった。そういう人は、気づくと去ったあとだったりするので、私も気が楽だった。

今みたいに、一緒にいると安心して、気持ちが整理できて、明日が明るくなるような、そんな感じを味わったことはない。

とはいえ、それを伝えるような間柄でもないので、だまっているしかない。

間を持たせようと、話の続きをすることにした。

「おじいさんは、少しずつ直接私に頼みごとをするようになったの。コーヒーをいれてくれとか、文房具を買ってきてくれとか」

大地はなんの反応も見せず、そっぽを向いたままだけれど、聞いているのはわかる。

「だんだん、ちょっとした調べものをしたり、担当さんに送るメールを代筆したりするようになった。書斎にも出入りが許されて、執筆中に、ここをどうしたらいいと思う、みたいなことを聞かれるようにもなったり」

説明するほどに、鮮明な記憶があふれてくる。両手で顔を挟むみたいに頬杖をついて、人生で一番楽しかったと言っても過言じゃない日々を思い描いた。

「食事も、作り置きしていくんじゃなくて、その場で作って出して、食べてもらうようになって」

「アシスタント兼、お手伝いさんだね」

「そんな感じ。泊まり込む日も増えて、その延長で住み込みになったの」

十五氏は出不精で人嫌いだったから、こまごました用事を代わりに済ませることのできる私を重宝した。そしてそれと同じくらい、私と交わす会話や、一緒に過ごすちょっとした時間を楽しんでいた。

楽しんでいた、とうぬぼれでなく言い切れるのは、彼が、楽しくないことは絶対にやらない人だからだ。

彼は家事以外のプライベートな世話を私にさせることもなかった。ひとりで生活できる健康さがあったし、インターネットも扱えたし、そうした文明の利器によって利便性を得ることに抵抗もなかった。

「だからこそ、求めてもらえてうれしかったんだなあ」

今頃実感して、ひとりごちるようにつぶやいた。

私であることに意味があるのだと、はじめて言ってもらえた気がしたのだ。心を込めて働けば、それが伝わり、彼の喜びによって私は報われた。

「ほらね?」と大地が訳知り顔をする。なにが『ほらね』なのかわからず、怪訝そうに見返す私に、彼はにこっと笑いかけた。

「抜け道は使ったっていいんだよ。その先にしかない出会いもあるんだから」

自然なウェーブのかかった黒髪が、日の光に透けてわずかに茶色く見えている。瞳はこの明るさの下にあってなお、虹彩の模様が見えないくらい黒い。

「抜け道で思いついたんだけど」

「うん？」

「ひとつ、お願いをしていい？」

突然の話題に目をしばたたかせながらも、大地はためらいなく「もちろん」とうなずいた。

「俺でできることなら。なに？」

「今度、斉條さんに会うとき、一緒に来てくれない？　もちろん話すのは私がするけど。大地にも彼を見て、信頼できるか判断してほしいの。あと私のことも見てて。まずいところがあったら、あとで指摘して」

向上心に燃えているような言いかたをしたけれど、要はそばについていてほしいだけだ。だけどこの甘えた要望を、大地は否定しなかった。

安心させるように微笑んで、私の手をぽんぽんと叩く。

「行くよ」

私はほっとして、彼の手を握り返した。

「ありがと」

「さ、戻ろっか。コーヒーを飲んで、今日も私物の整理だ」

私に手を握らせたまま、大地が立ち上がる。

「豆を買って帰らなきゃ。入荷の案内メールが来てたの」

「じゃあ寄ろう。新しい種類の豆？」

「ううん、おじいさんが一番好きだった豆。なかなか入らないし、入ってもすぐ売れちゃうの。お店はこのエリアの外なんだけど」

「いいよ、時間はたっぷりあるし」

通勤時間帯が終わりかけ、あたりの人影はまばらだ。もう少ししたら今度は商業施設目当てに、くつろいだ服装の人々が連れ立ってやってくる。

「夕食、なに食べたい？」

パンの袋をぶら下げて、私たちはぶらぶら並んで歩いた。

「まだ朝で、パンでおなかいっぱいなのに、夕食のことを考えろって？」

「買い物してから、そうだあれがいいって言われても困るんだもの」

「えぇー？」と声をあげつつも、宙をにらんで考えはじめる。

敷地を抜け、長い下り坂にさしかかった。手はつないだまま。

だって離すタイミングがなかったから。

心の中でそんな言い訳をしたのが、まるで聞こえたみたいに、大地はちらっと私のほうを見ると、指を絡めて手を握り直した。

越えるとき

「なにを着ていこう」

作り付けの姿見の前で、さっきから大地が悩んでいる。明日、斉條さんと会うときの服で悩んでいるのだ。

私はカウチの隅に腰かけて、自分の荷物をまとめながら、「デート前の女の子みたい」と素直な感想を伝えた。

むっとした視線が返ってくる。

「男だってデート前は悩んでるよ」

「そこ？」

「わざわざジャケットを買うのもなあと思ったんだけど、やっぱり買っておいたほうが迷いがなくて済んだかな」

そもそも悩むほどこの家に彼の服はない。シャツ、Tシャツ、スウェット、ニットが一枚ずつくらいで、気温に合わせたら選択肢はほとんどない。

ちなみに私は、前回と同じくジャケットスタイルで行く。要望を伝えるには、戦闘服が必要だ。先方の出方によっては、この交渉自体をなかったことにする強さも持たないといけない。

そのとき、ふと思いついた。

そうだ。


「すごい、ぴったり！」

黒いコーデュロイのジャケットを羽織った大地は、「ほんとだ」と姿見をのぞきこんで感心している。

「俺、既製服は身体に合わないことが多いんだけど、ジャストだな」

「やっぱり着る人が違うと印象も変わるね」

十五氏の寝室から、彼の服を持ってきたのだ。体型が近い気はしていたから、合うだろうと期待してはいたものの、それを上回って似合う。

「じいさんのくせに、しゃれた服持ってるなあ」

「おしゃれな人だったから。エチケットとして身ぎれいでいるべきっていう、古風な感覚を持ってた」

「古風もなにも、実際だいぶ昔の男でしょ」

「なにか変なライバル心を燃やしてない？」

大地は答えず、中に着ていたニットを脱ぎ、襟付きのコットンのシャツに着替えて、もう一度ジャケットを羽織った。

元クローゼットらしく、この部屋の両サイドには手が届く高さの棚が取り付けられている。その下を走るハンガーパイプのうち、一方は使用せず、壁際までカウチを押し込んでいるのだけれど、なんだかんだパイプは便利で、バッグやベルト、マフラーやストールなどがあちこちに垂れ下がっている。床に物を置くスペースがほとんどないので、こうしないと収納しきれないというのもある。

服も下着類以外はすべてハンガーにかけて保管している。決して衣装持ちではないとはいえ、四季の服すべて、トップスもボトムスもアウターもとなると、それなりのボリュームだ。

そんな部屋なので、大の大人がふたり立っているだけでいっぱいだ。しかも片方が着替えるとなると、もうひとりは邪魔にならないよう身を縮めている必要がある。

というわけで私はカウチの上に逃げた。ここが一番広い平面なのだ。

そうして少し離れたところから見る大地は、はっとするほど恰好がよかった。たくましい首、広い肩、引き締まった背中が腰に向かって描くアーチ。

なにを着てもさまになるタイプの人間だ。

「よし、襟の形も合うし、中はシャツにしよう。寒かったらセーターを着る」

「場所はまたオフィスビルの中だから。外を歩かなくて済むよ」

「ほんとに俺が着ていいの、これ？」

大地が念を押すようにこちらを見る。私はうなずいた。

「私が許可を出すことか、わからないけど。でも、おじいさんはいやがらないと思う」

むしろこの場にいたら、おもしろがってあれもこれも着せるだろう。そんな姿が容易に想像できて、私はちくりと、さみしさが刺す痛みを久々に感じた。

口数が少なくなった私をどう思ったのか、大地は角度を変えて姿をチェックしながら、「じゃあ、借りるね」と優しく微笑んだ。


知人を同席させたいと事前に伝えておいたおかげか、私のあとについて現れた大地を見ても、斉條さんは動じなかった。

「はじめまして。斉條と申します」

「海塚です」

前回と同じ部屋で、席につく前に差し出された名刺を、大地は片手で受け取る。入れ替わりに渡すものもなく、初対面の挨拶は宙に浮いたような空気で終わり、私たちは席についた。斉條さんの向かいに私、その隣に大地だ。

「先日はありがとうございました。またこうしてお会いできてうれしいです」

斉條さんが私に向かって、にこっと微笑んだ。

「いえ、こちらこそ。さっそくですが、こちらを」

「ちょうだいします」

用意してきた要望書を、彼のほうに向けて差し出す。指で字列をなぞりながら、内容に集中しているふりをして、彼が大地を観察しているのがわかった。

大地の身分は明かしていない。明かそうにも知らないんだけれど。私と同じく、相楽十五氏の私物に馴染んでいる人、とだけ説明してある。

斉條さんからしたら、そうは言いつつ何者なのか気になるところなんだろう。いずれ代理人になり得る弁護士かもしれない、実は相続の権利を持っていた十五氏の親族かもしれない。

一方の大地は、いつもどおりリラックスした態度で傍観者に徹していた。ジャケットを脱ぎ、足を軽く開いて座り、椅子の背にゆったりと寄りかかっている。ひと言も発しないものの、時おりテーブルに置いた斉條さんの名刺や、私たちの様子にちらっと視線を走らせる。

それだけの仕草が、場に緊張感をもたらす。

たぶん大地は意図してやっている。

この人、普段はどんな仕事をしているんだろうと今さら不思議になった。

「拝読しました。ひとつひとつ、細かくうかがってもいいでしょうか」

たっぷり時間をかけて書面に目を通してから、斉條さんが顔を上げた。

「はい……あの、その前にお聞きしたいんですが」

「なんでしょう？」

「駿河さんがあの部屋を欲しがる理由は、なんですか？　相楽十五のファンということはお聞きしました。でも、それだけが理由とは思えなくて」

「なぜ思えないのです？」

なぜって……。

あのけた外れに豪華なレジデンスの一室を、不動産としての価値以上のお金を払って手に入れようとする時点で、常識の枠から外れている。

アンティークとかクラシックカーとか、いろいろな世界に奇特なコレクターがいるのは知っている。だけど日本の、現代の作家に？　人気だったとはいえ、世界的に有名というわけでもない。教科書には載らないたぐいの著名人だ。

私の言いたいことは、言葉にする前に伝わったらしい。書面の上に身を屈めていた彼は、背筋を伸ばして腿《もも》の上に両手を置いた。

「たしかに相楽十五氏の作風は大衆的で、それゆえに多くの人に親しまれました。だからといって熱狂的な愛好家がいないわけではありません」

「それは、そうでしょうけれど……」

「駿河氏は相当な読書家です。敬愛する作家が亡くなり、もう新作を望むことはできない。しかしアトリエが都内に残っていて、自分にはそれを買い取り、管理できるだけの経済力がある。桂さんだったら、実行に移しませんか？」

どうだろう……。そんな状況になったことがないから想像のしようがない。いや、今の私なら金銭的には、できなくもない。だけどそこまでして欲しいものというのがイメージできない。

「……私物についてですが、書面にも記載したとおり、衣類は私のほうで処分、もしくは保管したいと思います」

納得できたようなできなかったようなあいまいな気持ちのまま、とりあえず私は本題に入った。斉條さんも流れを止めず、自然に書面を手に取る。

「一部を、桂さんの了承をいただいたうえで譲渡いただくことはできますか？」

「一部というと？」

「たとえば、著者近影や授賞式などで着用されていた服。ファンの中でも思い出となっているようなものです」

「ああ」

私もそれは考えた。だけど、そういう服が残っていなかったのだ。そう説明すると、斉條さんは残念そうに「そうですか……」と書面になにか書き込んだ。

「少し前に、十五氏はクローゼットを大整理してしまって」

私を住まわせるために、とは申し訳なくて言えない。隣で大地がそっと顔をそむけ、口元に拳をあてるのが見えた。たぶん笑っているのだ。クローゼットの現状を知っているから。

斉條さんがそちらを気にしつつ、こほんと咳払いをする。

「物質的な欲から解放されるのは、いい晩年ですね。私もそう生きたい」

「あと、現時点で私が存在を知らない私物も、お渡しできません。彼の机の中は、私はさわったことがありません。今後そこから私信や日記などが出てきたとしても、それは私が引き取ります。見ずに処分すると思いますが」

見るからに残念そうに、「理解できます」と斉條さんがまたなにか書き込む。

「今後、ということは、これから調査を委託することをお考えですか？」

「はい。それもご相談したくて。というか、ご相談するかどうかを、ご相談したくて」

「のちほどお話ししましょう」

書面にペンを走らせながらうなずく彼は、メールから感じていたより、ずっと人間らしい人のように見える。

前回は、私のほうがいっぱいいっぱいで、そこまで感じ取る余裕もなかった。今日の私は、コミュニケーションが取れている。会話しながら彼の人となりにまで意識を向ける余裕がある。

相変わらずなにも口を挟まない大地の存在は、この交渉を肯定している気がした。言いたいことを言えばいいよ。この人、まあまあ信じていいと思うよ。

そんなふうに。

「……私は、あの部屋が、自然な状態で保存されているのが理想です」

「もちろん、不必要に手を加えず、今の状態をなるべく長い期間維持できるように努めます。先の書面にも書きましたとおり」

「維持も望んではいないんです。『今の状態』を保つって、たとえば家具が劣化したら、直すということですよね」

はい、とはっきりは言わず、斉條さんは小さくうなずくことで、聞いていますよ、と伝えてくる。

「私の思う『自然』は、それを放っておくことです。朽ちていくままにしたい。彼はもういないんです。それがあの部屋の『今の状態』です。だから……」

「まるで主がまだいるみたいに装うのはいやだ、ということですね」

私は言葉を探すうちにうつむきがちになっていた顔を、ぱっと上げた。

「そうです。時が止まったテーマパークみたいにはなってほしくない」

「理解できていると思います」

「彼の死も、彼が刻んだ彼の正史です。彼は自分や自分の作品を愛していましたが、反面とても無頓着でした。彼がしなかったことは、私もしたくないいんです」

「早急に駿河氏とも話し合いますが」

自分の書いたメモを読み返してから、斉條さんが私を見る。

「おそらく彼も、桂さんと同じ考えを持っていると思いますよ」

「本当ですか?」

一気に力が抜け、意図した以上に大きな声が出た。ここが一番、説明が難しくて、すれ違いたくないところだったからだ。

ぽんと肩を叩かれて、隣に顔を向けた。大地が満足そうな笑みを浮かべて、私の肩をもう何度か軽く叩く。

クリアファイルから新たな書類を取り出しながら、斉條さんが言った。

「私のご説明が悪く、誤解をさせてしまったようです。我々は十五氏の部屋を今すぐ一般公開しようとは考えていないんです。将来的に、世間に望まれてそうする必要もあるに違いないと感じているだけで」

「あっ、そうなんですか？」

てっきり、それがメインの計画なのかと思っていた。

「ええ。そもそも場所がレジデンスですからね。不特定多数の非住民が入れる場所ではない。ですが撮影や取材など、希望があれば対応したいと思っています。それにはある程度きれいな状態で保存しておく必要がある」

「なるほど……」

「たとえばですが、あそこから家具や書物を運び出し、そっくり同じ部屋を別の場所につくるとしたら、ご賛同いただけますか？　いただいた要望書には『なにひとつ無許可で持ち出さないこと』とありますが」

彼の口調が、言質を取ろうと目論んでいるようでもなく、純粋な質問に聞こえたので、私も素直に「あー……」と悩んだ。

「……わかりません。今は気持ち的に、もう少し待ってほしいと感じますが、時間がたてば、むしろ別の場所に置いてあげてほしいと思うかも」

「桂さんの立場でしたら、私もそう考えると思います」

私の身勝手な意見をにっこり笑って受け止め、斉條さんは先ほど取り出した書類を私の前に置いた。

「さて、やはりこの契約は、売買で終わり、とはならないというのがお互いの認識かと思います。売買とは別に、十五氏の遺品の管理に関する契約を結ばせてください」

「といいますと」

「構えないでください。契約というと堅く聞こえますが、破った相手を法的に罰することのできる約束事、といったところです。つまり我々は、あなたの許可なしには、遺品をいじりません、と誓約します。契約は自動更新とし、どちらかが協議の場に持ち出さない限り、半永久的に有効です」

……それは、まさに私が願った、そのままの形だ。

まさか向こうから提案してもらえるとは思っていなかった私は、ぽかんとした。

「いいんですか？　駿河さんたちからしたら、すごく手間じゃないですか？」

「会社を作ったり運営したりするのが好きな人は、こういう手間を愛するんですよよ。買って終わりにしたいなら、最新のスポーツカーでも集めればいい」

そういうものなのか。

心なしか彼の口ぶりに、雇い主への辛辣さが含まれてきた気がする。有能そうだから、いつも無理難題を振られる役なのかもしれない。

「私物のリストの作成に、力を貸していただけますか？」

自然と口をついて出た。この人にお願いするのは、間違いじゃないと感じたからだ。

斉條さんは含みのない目つきで、柔らかく微笑む。

「もちろん。遺品の価値がわかるスペシャリストをご紹介します」

「それから、もうひとつお願いが」

「なんでしょう？」

彼が眉を軽く上げ、気さくに続きを促した。

「駿河さんご本人と会わせていただけませんか。お会いして、この方にならと思えたら、あの部屋をお譲りします」

ほがらかだった斉條さんの表情が、徐々に警戒心のこもった真顔に戻る。

大地までもが驚きの表情を私に向けていた。ここまで要求するとは思っていなかったんだろう。私も言い出せるかどうか自信はなかった。だけどいろいろと考えているうちに、絶対に必要な手続きだと気づいたのだ。

やめときなよ、という視線ではないことを祈って、隣をそろりと確認する。目が合った大地は、苦笑していた。好きにやりなよ、という応援だと受け取ろう。

斉條さんは、まだ言葉を選んでいる様子だ。一度口を開けてから、さっと視線を大地のほうへ走らせ、抑えた声で話し出した。

「……それができないから、私がいるのだということは」

「もちろんわかっています。でも、会ったこともない人に大切なものをあげられないという心理もわかってください。それがたとえどんな有名な人だろうと」

時間にすればそう長い間ではなかったものの、斉條さんがこんなに返事をためらう姿をはじめてみた。やがて彼は、「わかりました」とのみ込むように言った。

「本人と相談してみましょう」

「ありがとうございます」

晴れやかな声が出た。だけどなにひとつ終わっていないこともわかっている。

肩の荷を下ろして、新しい特大の荷物を背負ったようなものだ。今度の私のタスクは、駿河氏と会って、彼を見極めること。

重い責任だけれど、だからこそ果たさないと。

「では、それを前提に、細かいお話をしましょうか」

ひと区切りついたことを表すように、斉條さんが前向きな声を出した。

「はい」とメモを取る用意をする私の横で、大地が立ち上がった。ジャケットを小脇に抱え、テーブルの上から名刺を拾い上げる。

それを財布にしまいながら、見上げる私ににこっと笑いかけた。

「もう大丈夫そうだから。先に帰るね」

「あっ、うん。ありがとう。すごく助かった」

本当に助けられた。

小さく手を振る私に、斉條さんからは見えない側の目を軽くつぶってみせる。

「それじゃ、失礼します」

「お会いできて光栄でした、海塚さん」

斉條さんも腰を上げ、スーツの一番下のボタンを留めながら、個室をあとにする大地を見送る。大地は彼に、好意的なのか挑発的なのかわからない、大地らしい微笑みを投げると、引き戸を開けて出ていった。

そのあとの話し合いは順調だった。

まずおおまかな日程。今後発生するであろうさまざまな費用について。引き渡せる私物と、そうでない私物の区別、登記の移転に必要な書類など。

「桂さんが引き取ったものも、すぐに処分せず、一定期間は保管していただきたいのです。必要でしたら保管場所はこちらでご用意します」

「わかりました、が……、なぜでしょうか？」

「たとえばですが、ペンだけがこちらにあって、キャップがそちらにある。そういう状況にあとから気づくことも、ないとはいえないからです」

なるほど。よくわかる説明だ。

話すほどに、いかに彼らが具体的に、実際的に見通しを立てているかがわかってくる。いかに自分が感傷的だったかも。

「わかりました。すぐには捨てません。保管場所は自分でトランクルームなど、探してみます。引っ越し先と一緒に考えるのがよさそうなので」

「たしかにそうですね。承知しました」

「すみません……いろいろと好きにさせていただいて」

「え、いえ？」

本当に意外なことを耳にしたように、彼がきょとんとする。

「桂さんとの取引は、最高の部類に入りますよ。なんたって金額で揉める要素がないですから」

冗談めかした言いぐさに、私も遠慮なく笑った。

そのとおりだ。私はお金を必要としていないし、彼らはいくらでも払う用意がある。

一時間ほど脳をフルに絞って話し合い、お開きになった。次の会合の予定は、駿河氏のスケジュールを見ないとわからないため、追って連絡するとのこと。

斉條さんに見送られてカフェを出た私は、達成感に満ちていた。胸を張ってビルの廊下を闊歩《かっぽ》する。

エントランスを出た瞬間、オレンジ色の西日が目に飛び込んできた。

来たときは曇っていたはずの空が、西のほうだけ明るい。分厚い雲が割れて、夕日が堂々と真ん丸の姿を見せている。

ショッピングモールに寄って、夕食を買っていくことにした。シャンパンでも飲みながら、ごちそうを食べよう。大地とふたりで。

「ただいま！」

浮かれて玄関を開けると、部屋はどこも暗く、しんとしていた。

寝ているのかなと思い、靴を脱いで上がる。カウチにも、書斎にも書庫にも、もちろん十五氏の寝室にも、だれもいなかった。

ダイニングテーブルの上に、付箋が貼ってあった。

『今日はがんばったね。おめでとう。残りの時間を、大事なものたちとゆっくり過ごして。大地』

不思議とショックではなかった。

永遠にいるわけではないことくらい、わかっていたから。

ただ、またひとりになっちゃったな、と、やけに部屋ががらんとして感じられるあの感覚を、再び噛みしめる。

買い込んできたごちそうが重くて、よいしょとテーブルに置いた。

「夕食の希望は、買い物する前に教えてって、言ったでしょ」

恨みがましいつぶやきにも、答えはなかった。

＊＊＊

引っ越し先を考えるにあたって、仕事も考えなければいけないと気がついた。

いつまでも無職ではいられない。人生は、読書という趣味だけを抱いて過ごすには長すぎる。

ハウスキーピングの派遣会社には、まだ登録されている。だけど最高の雇用主に出会い、失うという経験をした今、ほかの家に働きに行くのは少しつらい。

つぎはぎのような私のキャリアで、どんな仕事ができるのか、ネットで調べたり、人材斡旋《あっせん》のサイトに登録してみたり、ぼんやりした数日を過ごした。

ある日、インターホンのチャイムが鳴った。


「突然すみません。このあたりに来る用事があったものですから」

大きな革のバッグを提げてやってきたのは、出版社の担当編集者さんだった。

「ここはアポなしでは入れないんですね。失礼しました」

「そうなんですよ。コンシェルジュにあらかじめ伝えておく必要があって」

十五氏の生前、仕事の話をするときに使っていた、リビングの窓際のテーブルセットに彼を案内する。

住民用の入り口とは別に来客用のエントランスがある。そこにはコンシェルジュが常駐していて、予定にない人は入らせない。宅配便はコンシェルジュが受け取って部屋に届けるか、宅配ボックスを使うかするのが規則で、住居エリアに業者が入らなくて済むようになっている。というか入れてはいけない。

今回は、コンシェルジュさんがこの編集者さんのことを覚えていたため、うちに連絡をくれたのだ。

入口《いりくち》さんというありそうでなさそうな名前を十五氏が気に入り、出口《でぐち》という名前に変えて小説に登場させたこともあった。別の出版社の作品ではあったけれど。

作中では、周囲に溶け込むようなあいまいな濃度のグレーのスーツに身を包み、いつもにこにこ笑っているように見える運動不足の若者、と描かれていて、実物もそのままだ。ただしもう若者ではなく、四十代半ばのはず。

ただでさえ柔和な顔の眉尻と目尻を下げて、「いやあ、お手数をおかけしてしまった」とハンカチで顔を拭《ぬぐ》っている。

「上着、お預かりします」

「いえ、すぐおいとましますので。今日はね、先生の初期作品全集のゲラをお持ちしたんです」

なんの用かなと思っていた私は、それを聞いて驚いた。

「いただいても私、チェックできませんよ？」

「あはは、もちろんわかってます。先生が亡くなった時点で、あとの工程を当社にすべてお任せいただきましたし。でも桂さんだって、途中経過を見る権利はあるはずでしょう。助手みたいな存在だったじゃないですか」

そう言って、膝の上に置いた鞄からB4サイズの封筒を重そうに取り出す。分厚い紙束が入っていて、ずっしり重そうだ。

「全六巻のうちの、二巻ぶんです。さすがに全部は持ち歩けませんでした。残りはまたお送りしますね。お戻しいただく必要はないので、持っていてください」

「本当にいいんですか？」

「もちろん。僕は新入社員の頃から先生に鍛えていただきましたが、先生が桂さんのような人をそばに置いているのを見たことがありません。先生も、桂さんに読んでもらいたいと思ってるんじゃないかなあ」

出したコーヒーをおいしそうにすすって、彼は帰っていった。

玄関で見送ってからリビングに戻ると、久しぶりに他人を招き入れたことで、空気がいつもと違う気がした。テーブルの上に積まれたゲラが目に入り、カップを片づけてから椅子に座った。

封筒から取り出して、ぱらぱらとめくってみる。

この出版社は小説の版元としては中手で、国民的作家になる前の十五氏の作品はほとんどここから発行されている。大手出版社でシリーズものを書くようになってからは一冊も出ていない。

入口さんはそうなってからの担当者だ。筋金入りの相楽十五作品ファンで、いつか自分の手で彼の作品を、と願い続け、初期作品全集の企画を社内で通してみせた。十五氏が亡くなったときは、私が見る限り、どんな関係者より深く悲しんでいた。

全集には、読んだことのない短編なども収録されていた。出典や書かれた当時の時代背景、十五氏の状況など、丁寧な注釈が添えられている。ひと目見て、並々ならぬ情熱のもとに編纂《へんさん》された本だとわかる。

これを十五氏の代理としてでなく、私宛てにくれたのだ。なんて光栄な。

ゲラを封筒に戻し、後日、じっくり読もうと決めた。

後日というのは、そう、少なくとも、ここを譲る先が決まってから。駿河氏に会って、信頼できる人だと確信できてからだ。

二冊ぶんのゲラを鞄の中で守っていた封筒は、しわしわだ。サイドテーブルの上に置いておこうと持ち上げようとすると、一度には持ち上がらないほど重い。

私のものだ。この家の中で、もしかしたらあの細長い部屋以上に、私のものだと思えるもの。

『助手みたいな存在だったじゃないですか』

一度は逃げ出した、本に携わる仕事。

めぐりめぐって、私の居場所を作ってくれたのも、本の世界。

おじいさん、私にここを遺したのは、それを伝えるためですか？　私の帰る場所をなくさないために、そうしてくれたんですか？

ありがとう。情けない話だけれど、ここは私には重すぎるので、私よりもっと正しく管理できる人に託します。あなたなら、私がここを持て余すことも予期していたでしょう。それでも遺した理由は、今の私にはわからない。

あなたからの最後の指令だと受け取ります。

なんとかしてみたまえ、と。

できると思います。なにせそれなりに長い期間、私はあなたの要望をくみ取って実現することで生活してきたのだから。

そのことに自信を持っていいんだと、今さら知ったんです。ある人のおかげで。

その人に背中を押されて、あなたが置いた扉を開きます。

その先にあるものこそ、あなたが私に与えたかったものだという気がするから。

ふいに部屋のどこかで電子音がした。私のスマホだ。

キッチンカウンターの上に置きっぱなしだったスマホを確認すると、斉條さんからメールが来ていた。

駿河氏と会える日が決まったという連絡だった。

多忙な人だと勝手に思っていたので、面会の予定日が数日後だったことにびっくりした。だけど多忙な人こそ、予定を先延ばしにせず、詰め込めるだけ詰め込んでどんどん消化していくのかもしれない。

当日、すっかり出番の増えたジャケットを羽織り、会ったらなにを話そうか考えた。いろいろ聞きたいことはある。そもそも本当に相楽十五のファンなのか。ふたつみっつ質問をしてみればすぐわかるはずだ。

……いや、やめよう。

私が知りたい〝信頼できるかどうか〟は、そういうことではない気がするから。

本当に信じられる相手は、会話するまでもなく呼び合うのだ、きっと。

おじいさんが私を呼びよせたように。

私と大地が出会ったときのように。

約束の場所は、いつものカフェの個室だ。ホテルのロビーはいつの間にか冬仕様になっていて、中央のモニュメントがもみの木に替わっていた。

お互い顔を覚えてしまった給仕さんが、「斉條さまもお越しです」と微笑んで案内してくれる。店内を歩きながら、深呼吸をして緊張を逃がした。

迷いなく、この人ならと思える人でありますように。

給仕さんが脇によけて、個室の引き戸を開けてくれる。中にいたふたつの人影が立ち上がったのが見えた。

手前にいた斉條さんと最初に目が合った。妙に申し訳なさそうな、気まずそうな顔をしている。私はその理由がわからず、首をひねりながら隣の男性に視線を移した。

膝から崩れ落ちそうになった。

深いネイビーのスリーピースに身を包み、堂々たる佇《たたず》まいで微笑みかけているのは、一週間ほど前に姿を消した、大地だった。

最後の扉

正直言うと、予想がついていなくもなかった。同じくらいの時期に、私の狭い世界の中に現れた、同じ名前の人物。もしかしたら、ひょっとして。

……いや、嘘だ。私の勘はそこまでよくない。だけど、抱いていた違和感の数々がパズルみたいにすっと一枚の絵になった気がした。

目の前でにやついている男を凝視する。なにか言ってやりたい気持ちはあるのだけれど、どんな感情をぶつければいいのかわからず、結局ぽかんと棒立ちしていた。

大地がこちらへやってきて手を差し出す。身にまとっているスーツは上品な光沢を帯びていて、身体にぴたりと合っており、いかにも上質だ。いつもばさばさと目を隠していた前髪はうしろへ流され、額がすっきり見えている。まるで別人。

「改めまして。阿国崎《あくざき》大地といいます」

入り口に突っ立ったまま、半自動的にその手を握った。

アクザキだって？

「……駿河さんとうかがってましたけれども。もしくは海塚と」

自然と声が冷ややかになるのを感じる。

「阿国崎という姓に聞き覚えは？」

「もちろんあります」

相楽十五の代表作ともいえる名探偵シリーズの主人公の名前だ。凝りすぎないプロットと毎度もつれまくる人間模様が人気で、何度も映像化されている。

「あれは僕の、というより僕の母の嫁ぎ先の姓から取ったんです」

「よく意味がわからないんですが」

トゲを増した私の声に、さすがにおふざけがすぎたと反省したらしい。私の視線から逃げるように大地の目が泳ぎはじめた。

「ええと、俺の母は相楽十五の、実の娘で」

「つまり？」

「俺は彼の孫なんだ。いて、いてて」

握手していた手に、つい力が入った。

なんだって？

「彼に親戚はいないんじゃないの？　奥さまは早くに亡くなってるって言ってた。彼は代理人を指名してて、葬儀もその人が手配したくらいなのに」

「まあ、いないようなものだからね。祖母が存命だった頃から、俺の母は十五氏と折り合いが悪くて、自主勘当同然で家を出て俺の父と結婚したんだ。十五氏の死にも遺産にも、興味はまったくないらしい。俺は祖父を、母から聞かされる悪口と、彼の作品を通してしか知らない」

大地の声に、ふとさみしさのような、無念さのような音色が混ざる。けれどすぐに消えて、冗談めかした微笑みが取って代わった。

「というわけで、十五氏の関係者だと思われないよう、本名を名乗らなかったんだ。もちろん奈子相手に駿河の名前も出せないし。ちなみに駿河っていうのは、事業関係で人前に出るときの通名《つうめい》ね。祖母の旧姓」

「どこから海塚って苗字が出てきたの？　あっ、待って、わかった気がする」

「〝阿国崎〟のアナグラムだよ」

「やっぱり！」

直感的にひらめきはしたものの、頭の中でローマ字をほぐし、組み立てるのはさすがに無理だった。

「よくまあ、とっさに……」

「昔からちょくちょく使ってたんだ。ほら、レストランの順番待ちで書く名前とかさ。

祖父のおかげで〝阿国崎〟はすっかり国民的苗字になっちゃったから」

「私が彼のハウスキーパーだったから、うちに来たの？」

よく考える前に、疑問が口をついて出た。

不意打ちをくらったように、大地が目を丸くする。

「最初からあの家に興味があったの？　そのために私に近づいた？」

どうしても確認したくて、言葉を選ぶ余裕もない。大地は傷ついたような顔で、力なく尋ね返した。

「そんなふうに見えた？」

……見えなかった。

一度だって彼は、私にあの家を手放すよう勧めたことはなかった。ただ、迷い続ける私の手を引いたり、背中を押したりしただけだ。

いまだに私たちは、よそよそしい握手をしたままだ。長いこと握り合っていた手は、お互いすっかり温まっている。

その手を、大地が持ち上げて、口元に持っていった。私の指の背に、羽根で触れるみたいにそっと、柔らかなキスをする。

「奈子に会ったのは偶然だよ。奈子がだれだかもわからなかった。といってもあのとき、このレジデンスがどんな場所か見に行ったのは事実なんだけど」

「それから顔は知らなかったけど、祖父が、若い女性のハウスキーパーを住まわせてるとうわさに聞いて、いったいどんな女の子なんだろうって興味を持ってはいた」

「ふうん……」

「どんな女の子だった？」

「さみしそうだった」

なにも言えなくなった。

大地が優しい目つきで私を見つめる。

さみしかったよ。心細くもあった。

やらなきゃいけないことはあるのに、なにをしたらいいのかわからなくて、じっと膝を抱えていた。時間がたつのが遅くて、なのに日々はあっという間に過ぎて、毎日気持ちだけ焦っていて、つらかった。

あなたが来て癒やされたの。

「ごめんね、なんの説明もせずに消えて」

すまなそうに眉尻を下げる大地に、あの喪失感を思い出して目の奥が熱くなる。

「まあ、説明しようがなかったのも、わかるし……」

「あの家に、駿河大地として上がり込むのはいやだったんだよ」

大地らしい真面目さだ。彼が相楽十五の作品に深く通じていて、十五氏本人にもひねくれた愛情を抱いているのは、一緒に過ごしていれば感じた。

だけど、となじりたくなる。

だけど……。

「会いたかったよ」

言いたかったことを、先に言われてしまった。

涙とか文句とか、あれこれこらえていたらおかしな顔になっていたらしい。大地が吹き出したので、ちょっと、と叩いてやろうと思ったら、その手も握られた。

両手をそれぞれ取られ、頬を転がる涙も拭けない。

そんな私を見て、大地は憎らしいほど満足そうに、でも困ったように笑って、私の両手を引き寄せた。その視線から受け取った予感に、目を閉じる。

「そろそろ話し合いを始めても?」

空気を断ち切るように、冷静な声が響いた。

私は飛び上がり、大地の向こうに斉條さんがいるのを発見した。そうだ、ずっといたんだった。

大地は当然ながら連れの存在を忘れてはいなかったらしく、「びっくりしたー」とぼやきながらも私の手はしっかり握ったままだ。私はそっと手を抜き取り、涙を拭って、ついでに頬を何度か叩いて目を覚ました。

話し合いに来たんだった。

「すみ、すみません」

「いえ、こちらこそ」

しどろもどろになりながら席につく私の椅子を、さりげなく斉條さんが引いてくれる。私の正面に座った大地は、横柄な態度で口をとがらせた。

「空気を読んでくれよ」

「読んだから、我慢の限界が来るまで気配を消してやってたんだ」

斉條さんが冷たい目つきを投げ、大地の隣に腰を下ろす。どうやらこのふたりは、ビジネス上の関係以上のつきあいがあるみたいだ。

「さて、前置きが長くなりましたが、こちらが当方の依頼人である、駿河大地氏です。いかがですか？　契約のご意思に、影響は？」

隣を手で指し示し、斉條さんが私に尋ねた。

私はふたりを交互に見て、そっとため息をつく。急転直下だ。

「ありません、もちろん」

「よかった。では正式な契約書の準備に入りますね。それと遺品のリスト化を委託する先ですが、ふたつ候補があります。大事な仕事ですから、実際スタッフと会って、作業見積もりをしてもらってから決めるのがよろしいかと」

「そうします。ありがとうございます。あの……」

「はい？」

理知的な瞳が、親切そうに見開かれた。

「彼とは、友人的な、あれですか？」

私は斉條さんの隣でゆったり脚を組んでいる大地を目で指した。斉條さんが「ああ」とどことなくうんざりした声を出す。

「今現在の肩書は、私は彼の経営する会社で働く弁護士です。いわゆるインハウスローヤーという立場で、法務全般をサポートしています」

「それにしては仲が……」

「個人的な関係という話でしたら、私と彼は……そうですね、乳兄弟《ちきょうだい》といったところでしょうか」

乳兄弟！

「実家が近くてね。そのあたりは俺の父親の一族が集まって住んでるところだから、たどれば血もつながってるはず。成一のほうが一歳上」

大地がその乳兄弟に対して、ぞんざいな仕草で親指を向ける。彼が組んでいる脚を、斉條さんが「取引の場だぞ」と叩いた。大地は従順に、脚をほどいて座り直す。

「俺の母親は、夫にはベタ惚れだったけど子育てには興味がなくて、つきあいのあった成一の家に俺を押しつけたんだ。俺は成一と一緒に育てられた」

「大地の、お父さんは？」

「まあ、預けるのに反対しなかった時点で、そういうことだよね。もとからはみ出し者だったらしいし。親への相談もなく嫁をつれてきて、周囲を唖然とさせて、生まれたのが俺っていう」

軽い口調で言ってはいるけれど、子どもながらに居場所がなかったことは想像にかたくない。さすがに十五氏に、あなたの撒《ま》いた種ですよと言いたくなった。

「ということは、広い意味では、斉條さんも相楽十五の親戚に……？」

私の疑問に、「いやいや」と斉條さんは苦笑いで手を振った。

「それはもはや、人類みな兄弟と言うのとたいして変わりません。大地を通して縁は感じていますが、それだけですよ。ただこいつ、大地は違う」

そう言って斉條さんが大地に向けた目つきは、どことなくお兄さんぽく感じられる。

大地は肩をすくめて、気にしてないよ、というジェスチャーをした。

大地があの家を欲しがる心理がわかった気がする。

相楽十五は、彼が唯一たどれる、たしかなルーツなのだ。

両親から与えられるものが少なかった彼にとって、自分に流れる血の中で、ただひとつ誇れるのが、相楽十五の存在だったのだ。

「……あの家をどうするの？」

尋ねると、大地はうーんと考えた。

「説明したとおり、ほんとに決めてないんだ。だれかが管理する必要があると思っただけで。しばらくは俺が住んで、どんな本を読んでたのかとか、じっくり確かめたい気持ちはあるけど」

「私、引っ越し先が決まるまではいてもいい？」

彼は、なんでそんなあたり前のことを聞くの、とでも言いたげに眉を上げ、「もちろん」と微笑む。

正しい人に渡せたのだという気がした。

私はおじいさんからあの家を一時的に預かって、本来の持ち主に引き渡す役目を負っていたのだ、きっと。

じんわりと達成感が湧いてきて、満ち足りたため息をつく。そんな私を見つめていた大地が、ふいに含みのある笑みを見せた。

「なんならこの先も、住む権利を得る方法があるんだけどね」

「え？」

眉をひそめる私に、彼がにやりとする。

「俺と結婚すればいいんだよ。そうしたらあそこは、名実ともに俺ときみの家だ」

唖然として、口を閉じることすら忘れた。

反論しなかったことで、そこそこいい案だと受け取ったように見えたのかもしれない。大地はひじ掛けに頬杖をつき、満足そうに笑っている。

斉條さんが細めた目で、そんな彼に侮蔑の視線を送っていた。

私はもはやなにを言えばいいのかわからず、天井を見上げた。偏屈ではあったけれど、意地悪ではなかったから、おじいさんはきっと上のほうにいるはず。

まったく、あなたが遺していったものといったら。

私の手には、とても負えない。

＊＊＊

「なんで結婚しないの？　俺たち相性いいよ。知ってると思うけど」

「そっちの見積もり書を取ってくれる？　駅歩十五分の」

大地はあきらめよく口を閉じ、テーブルの上に散らばっているＡ４の紙の中から、頼んだものを選び出す。

「金に困ってるわけでもないのに、十五分も歩くところに住む意味は？」

「おじいさんのお金を使う気はないから。無職の人間が贅沢できないでしょ」

「それじゃ税金を持っていかれるだけじゃん。俺が増やしてあげようか？」

やくざな物言いを、一瞥《いちべつ》してだまらせる。だけどそれも悪くないかもしれない。少なくとも無為に減らしていくより、おじいさんは喜ぶだろう。

大地の正体を知ってから一か月弱が経過した。

プロの手によって、蔵書と私物のリスト化もあっという間に終わり、今はそれらを私が仕分けしている段階だ。並行して引っ越し先も探している。

さいわい仕事は見つかった。人材派遣会社の出版部門に求人があり、ダメもとで応募してみたところ、採用されたのだ。

最初は契約社員でとのことだけれど、正社員になれる可能性もあるらしい。学歴不問、というのがただの建前でないことは、自分で確かめるしかない。

「せめて俺の会社で働くとかすればいいのに。俺にもなにかさせてよ」

「してほしくないから自分で探してるの」

「意地っ張りだな」

「自立しようとしてるんだから、応援してよ！」

「してるよ」

大地はしょっちゅう、といっても本来の仕事に戻った彼は、元気に生きているのが不思議なほど多忙なので、その中で許される限り頻繁に、という意味でだけれど、この家に来ては以前のようにくつろいでいく。

そしてとっとと結婚しない私をバカだと言ってはふくれる。それが求婚する態度なんだろうか。

今日は半日オフとのことで、こうして朝からやってきた。

「コーヒーいれようか。俺、うちでも練習しててさ。うまくなったよ」

「そうなの？　飲みたい」

「ねえ、これ、なに？」

キッチンのほうへ行きかけた大地が、サイドボードの上を指さしている。

あっ、そうだ。

「ゲラなの。相楽十五の初期作品全集がね、来年出るんだけど」

「へえ！　初期ってあれでしょ、怪奇ものとか書いてた時代。コアだなあ」

「落ち着いたら読もうと思ってたんだけど、ずっとバタバタしてて。見ていいよ」

「いや、奈子のあとでいいよ」

控えめにそう言いつつ、彼は封筒から紙束を引き出し、上のほうの数枚をぺらぺらとめくりはじめた。

「これ、ぜんぜん見てないの？」

「ちらっと中身を見たくらい」

私は不動産情報を見比べながら答える。歩くのは苦にならないものの、夜中に歩けないようなしんとした道は困る。一度マンションの外観は見たけれど、やっぱり夜にもう一度行って、周辺を歩いてみるべきか。

「献辞は読んだ？」

「読んでない」

「読んでみない？」

変な提案だなと思って顔を上げた。大地がゲラの中から一枚を抜き出し、私の前に置いた。

そこには、『どこか卑屈なNKへ』と始まる短い献辞が書かれていた。

全集版あとがきを書く前に亡くなってしまったと、入口さんが悲しんでいた。どうやら献辞は生前に書いておくことができたらしい。

『きみのおかげで人生の最期がとても楽しかった。私が遺すものをきみは分不相応と感じ持て余すだろう。だからあえて贈る。存分に慌ててほしい』

二回読んで、ようやくこれが私に向けたものだと気づいた。

おじいさんが、私に宛てて綴《つづ》った言葉。

たった二行のメッセージから目を離すことができない。何度も文字を目でなぞる私を、うしろから大地がそっと抱きしめた。

私は泣いていた。

彼らしい、ひねくれた愛情にあふれた文章。

「ほんとひねくれてるな」と私を抱きしめながら、大地があきれ声で言う。

「ようするに、自分がいなくなってからも、きみに影響を及ぼしたかったんだよ。子どもじみた支配欲。さすが絶縁した娘の旦那の苗字を主人公に使うだけあるよ」

「思ってたんだけど、それって『許した』っていうメッセージなんじゃないの？」

「まさか」

頭のすぐ横から、鼻で笑う音が聞こえた。

「小説の阿国崎は、とにかくひねてて人を苛立たせる性格だ。盛大なあてつけであり、嫌味だよ。そういう冗談にもならない冗談をやる人だったってこと」

言われてみればそうだ。

だけどそうして生まれたキャラクターは、国民的名探偵として多くの人に愛されている。シリーズは完結しなかった。作者が先にこの世を去ったから。探偵阿国崎は、十五氏と人生を共に歩んだキャラクターなのだ。

「おじいさんは、だれにでも好かれる性格じゃない自覚があったけど、それでも人生を楽しんでる人だったと思うの」

「だろうね。いい気なもんだよ、献身的なハウスキーパーまで置いてさ」

「やっぱりなにかライバル心を燃やしてない？」

笑った拍子に涙のしずくがゲラに垂れてしまったのを、袖で慎重に拭いた。

窓の外には、冬の午後の白っぽい空が見える。今週は雪になるらしい。師走の空気は慌ただしく、外に出ればだれもが小走りに急いでいる。

けれどこの部屋は暖かく、ちょうどいい温もりに満ちている。年月を経た書物の匂いと、大地の力強い腕。

たしかにいつか、この家で暮らすのも悪くない。ただしそれは、私がひとりで歩けるという自信を持ってからの話。この家でおじいさんから与えられていた充足を、ここ以外の場所でも得られると確信してからの話だ。

大地の指が顎に軽く触れ、私を振り向かせた。首をひねるようにしてする、親しげで温かいキス。

「コーヒーをいれてくれるんじゃないの？」

尋ねると、彼はむっつりと不満をあらわにし、「はいはい、ご主人さま」と恨みがましくつぶやいて身体を離す。

「まだここは私のものですから」

「だから、俺と結婚すれば永遠にきみのものだよって言ってるのに」

「考えとく。引っ越しが終わったら」

つれない返事に、大地は目を見開いて歯噛みする真似をした。

「駿河大地に求婚された女の子なんて、世界にひとりだけなのに！」

「それはいったい、だれのどういう自慢なの？」

「まあ、あの偏屈と馬が合ったんだから、きみも相当なひねくれ者ってことだよね」

憎まれ口を叩きながらも、律義にキッチンへ行き、コーヒーの支度を始めている。

「まさか血を引いてる人がそれを言うなんてね」

私も言い返し、じろっとお互いにらみ合った。

部屋の隅で、加湿器がこぽっと音を立てる。冬の音だ。

「これ、見たことない豆だね？」

戸棚を開けた大地が、新品の豆の袋を手に首をかしげている。

「今朝買ったばかりなの。開けちゃっていいよ」

「これもおじいさんのお気に入り？」

私は首を振った。

「新作なんだって。試したくなって、買ったの」

大地がふと私の顔を見つめ、「いいね」と軽い口調で言う。

彼が袋の口を開けると、芳香があたりを漂い、私のところまでやってきた。

嗅ぎ慣れない新鮮な香り。一日の始まりを告げているように、すっきりと香ばしい。

未来の匂いだ、と思った。

番外編　芽吹きの季節

十五氏の書斎と書庫の床は、ローズウッドの無垢材が張られている。

「建築時におじいさんが指定したんだって。オプションにも同じような内容はあったんだけど、木材のグレードやコーティングが気に入らないから外注したって言ってた」

久しぶりに訪れたこの家の洗面所で、ワックスのボトルと布を大地に渡した。彼は片手でそれを受け取り、片手でスマホをいじっている。

「ロー、ズ、ウッド……あ、紫檀のことか。仏壇とかに使われる木だ」

「そう。硬いし変形しにくいし、経年でいい色が出るし、こだわりだったみたい。ただし手入れも必要なの。ワックスは必ずこのメーカーのを使ってね」

大地はスマホをジーンズのポケットにしまい、「了解」とため息をついた。

「まったく、金があるからって贅沢な部屋に仕上げてさ。そのくせ自分じゃなにもしないで、奈子たちにメンテナンスを任せてたわけだろ？」

「それで雇用が生まれてるんだから、いいんじゃない？　ていうか、おじいさんも大地には言われたくないと思うけど」

「俺は贅沢なんてしてない。時間を金で買ってるだけ」

ぷっとふくれつつ、ワックスの容器の説明に従ってバケツに水を張っている。決まった住処を持たず、名のあるホテルを家代わりにしている暮らしのどこが贅沢じゃないのか。

その生活を知ったときは、驚愕もしたけれど納得もした。家事ができないわけだ。

『掃除も洗濯も任せられるから、自分の時間は自分のためだけに使える。水道光熱費も通信費も宿代に入ってる。消耗品も買う必要がない。移り住むのも自由。合理的な判断だと思うけど』

けろっとして彼は言った。私物はいくつかのスーツケースに収まるぶんしか持っていないらしい。はじめて会ったときの軽装っぷりは、たまたまではなく、普段の彼そのものだったのだ。

まあ価値観は人それぞれだし、と思いながら、ワックスを希釈する姿を見守った。

今日は私がこの家にハウスキーパーとして上がる、最後の日になる予定だ。

大地と出会った秋の終わりから、季節が一巡と少しした四月。私たちは夫婦になることを決めた。いや、大地のほうは以前からそのつもりだったわけだから、〝私が〟決めたと言うべきか。

とくになにか心境の変化があったわけじゃない。川の水が流れるみたいに自然なりゆきだった。新しい仕事は嘘のようにおもしろく、はじめて自ら進んでしたひとり暮らしは、適度な制約の中の自由が楽しい。

一年後、五年後の自分が想像できる。仕事をして、本を読んで、家をきれいにして食事を作る。きっと十分に、自分の人生に満足しながら。

ようやくそんな自信が持てたとき、ふっと自覚した。

そんな日常に、大地もいてくれたらもっといい。

ある夜、私の部屋に夕食をとりに来た彼に、率直にそのまま伝えたら、『今ごろ気づいたの？』とわざとらしくあきれられた。

「はい、できた。これを塗ればいいんだよね？」

大地がバケツを差し出し、こちらに見せる。

「塗るっていうか、布につけて磨くの。でもその前にもう一度から拭きをしよう。細かいところの汚れもこれで取る」

はいと竹串を持たせると、彼の顔がげんなりした。

「勘弁してよ、そんなプロのクオリティ、求める気ないよ」

「素人だってこのくらいやります。それに今日は、私のアシスタントを務めるって約束だったでしょ」

「俺たちの家では、ほどほどにしてよね」

すねた声を出しながら、私の頬に腹いせみたいな雑なキスをして洗面所を出ていく。

〝俺たちの家〟とは、都内に買った新居のことだ。

顔出しはしていないものの有名人の部類に入る大地が住居に求める要件――セキュリティ、プライバシーの確保など――と、一般的な常識の範囲内の暮らしがしたいという私の希望の間を取って、十五氏のレジデンスを小ぶりにしたようなマンションの一角を購入した。

来週には引っ越す。週の半分ほどをこの十五氏の家で過ごしていた大地も、完全に新居で暮らすようになる。定期的に私が行っていたこの家のメンテナンスはついに、斉條さんが選びに選んだ、信頼できる管理会社に引き継ぐことにした。

私はここから卒業する。

その前に、結婚写真を書斎で撮ることにした。今日はその準備だ。

書斎に行くと、大地が床にうずくまり、熱心に手を動かしていた。ブラインドを完全に上げた窓からは春の光がたっぷり差し込み、艶の消えかけた床を照らしている。

「なんだこの傷、新しいぞ」

独り言みたいに大地がつぶやいた。

「この間TV局の撮影が入ったよな、あれかな……。もうあのクルーは出禁だ。成一にブラックリストを作らせる」

ぶつぶつと不穏なことを言っている。私は近寄って声をかけた。

「少しの傷なら修復できるよ。やってみる？」

「そうなの？　やるやる」

ぱっとこちらを見てから、すぐに澄ました顔になり、「俺の資産なわけだしね。傷は許せないよね」とあきれた言い訳をする。

「いい加減、おじいさん大好きって認めたら？」

「なんのこと？」

私は肩をすくめ、ついでに修復する箇所がないかチェックすることにした。床を指で探るうち、椅子の上に畳まれたガウンが目に入る。

「あのガウン、着てる？」

「着てたけど、俺には真冬以外は必要ないよ」

「それでも着てよ。着ないと傷むの。だから個人的にもらってもらったのに」

「奈子が着てほしいのは俺じゃなくて十五でしょ？　遺影にでも着せたら？」

かわいげのなさが度を越したので、私は膝立ちで寄っていき、彼の背中を思いきり叩いた。

「いってえ！」

「いつまでくだらない焼きもちを焼いてるつもりよ！」

「奈子が俺に〝おじいさん〟を投影するのをやめるまでだよ！」

なんだって⁉

私は膝立ちのまま、ぽかんと彼を見返した。彼の怒りはそれなりに本物のようで、むっとした顔つきでこちらをにらみつけている。

「投影なんて……そんな、してたら結婚なんて決めないでしょ」

「どうだか。投影してるからこそなんじゃないの？」

「ねえ、根本的になにか誤解してない？　私、べつにおじいさんに恋心を抱いてたわけじゃないんだけど」

「恋愛と結婚は別だからね」

「そうじゃなくて」

なんだこれ。

これまでにもこれに似た言い合いはあった。だけどそれは、半分冗談のような感じで、言い合い自体を楽しむようなものだったのに。

今の大地は、わりと本気に見える。

「大地……」

さすがに困惑を隠せない私に、大地もはっとした表情になり、ばつが悪そうに視線を泳がせる。

「ごめん、言いすぎた。いや、言いすぎてはいない。全部本心」

「なにか私に問題がある？」

大地はちらっと私を見て、「ある」と小さな声で言った。

「『ほんとに似てるね』ってうれしそうに言ってた。この間」

「この間っていつ？」

記憶にない。眉をひそめる私に、大地が小さく息をつく。

「ここに泊まってった夜」

大地は座り直してあぐらをかき、床をトンと指で突いた。泊まった夜……ってことは、まさか、あれか……最中ってことか。えええ！

私は蒼白になり、それから真っ赤になった。

「それは、ご、ごめん、本当に。でも他意はなかったと思うの。むしろあったらそんな発想出ないっていうか、気持ち的におじいさんから卒業しつつあるからこその感想じゃないかなって。純粋に、似てるなって思っただけで、たぶん……」

自分でも引くほどの早口になってしまう。疑わしそうな目つきを向けていた大地は、やがて深々と嘆息し、「あー……」と漏らして両手で顔を覆った。

「それもわかってるよ。ごめんね、俺の心が狭いだけ」

「でも、私もきっと、刺激するようなことしちゃってるんだと思うから……」

「まあ、それはそうだね」

すみません……。

まさかの事実の発覚に、穴があったら入りたい気分でうなだれた。うつむく私の顔を下からのぞき込むようにして大地が顔を近づけ、そのままキスをしてくる。

唇を重ねたまま顎に指を添え、私の顔を上げさせると、大地はキスを深くした。好きだよ、という気持ちが流れ込んでくるようなキス。

気が済むまで味わっておきながら、まだむくれた顔を見せる。

「一時は気にならなくなってたのに、最近ダメだ。マリッジ・ブルーかな？」

「それはなにか違うんじゃない？」

「今日、ここに泊まっていけるよね？」

私はうなずいた。明日は仕事があるから、帰るつもりだったけれど。ここからだって出社できる。

甘えた声を出していた大地は、それを見てやっと満足したようで、また私の唇をふさいだ。同時に指が私の首筋をなでる。思わずぴくっと反応してしまったことで気をよくしたのか、彼は指のたどった軌跡をなぞるように唇を移動させた。

着ていたシャツの襟をぐいと広げ、鎖骨を甘噛みしはじめたところで、さすがにやめさせようと頭を押しのける。

そのとき、彼のジーンズのスマホが鳴った。

「成一だ」

名残惜しそうに片手を私のうなじにかけたまま、大地はポケットからスマホを取り出し、スピーカーにする。

「もしもし。今奈子といるよ」

『ああ、奈子さん、こんにちは』

聞こえてきたほがらかな声に、私は「こんにちは」と返した。

『大地、お前の両親と連絡がついたぞ。移住して農業を始めていたらしい』

「あっそう。どうせすぐ飽きるだろうね。ていうか俺はいいとして、親戚にくらい居所を知らせとく礼儀はいまだに育ってないわけ？」

『お前の結婚を知らせたところ、お祝いに米を送りたいそうだ。金はあり余ってるだろうからと』

「春に米？　秋に新米ならわかるけど」

『そう言うな。今が春なんだからしかたない。どうする？　新居の住所を教えてよければ伝えるし、いやなら会社宛てにしてもらうが』

大地ははーっとため息をつき、「教えていいよ、べつに」と答えた。

「向こうもたいして興味ないだろうし、聞いたこともすぐ忘れるだろ」

『鬱陶しく干渉されるよりましって捉えかたもあるぞ』

「比べること自体間違ってるよ。ひとまず探してくれてサンキュ」

『どういたしまして。また連絡する』

短い通話を終えると、大地は再度、深いため息を吐き出した。私はその頭をよしよしとなでた。彼なりに葛藤した末、両親にも結婚の報告をすると決めたのだ。

消息不明になっていたことは予想外だったけれど。

「俺、こんなんでまともな家庭を築けるのかなあ？　経験がなさすぎる」

「私も似たようなものだし。なんとかなるんじゃない？」

ふたりで、これがいいと思う道を模索していけばいい。

その積み重ねが、たとえ世間の常識から少し外れていたって大丈夫。風変わりな人生を歩んできた私とあなたも、結局こうして幸せなんだから。

「そうかな」

「そうだと思うよ」

少しの間、目を見合わせて、私たちはどちらからともなく、抱き合ってキスをした。

お互いの身体に腕を回して、ぎゅっと抱きしめる。

若葉をつけはじめた木の枝が、窓の外で揺れている。

新しい家に移っても、たまにはここへ来て、ふたりでコーヒーを飲もう。おじいさんが愛したものに囲まれて、出会った頃のことを思い出しながら。

「さあ掃除、掃除！　違う、まず傷を直さなきゃ」

「直すって、どうやるの？」

先に立ち上がった大地が、手を貸してくれる。その手を取って、「簡単に言うと、木をふやかすの」と説明した。

へえぇ、と感心しながら、廊下へ出る私のあとをついてくる。

一緒にいてね。私が見えていないものを、これからも気づかせて。私はあなたの知らないことを、少しなら教えてあげられると思う。

支えるとか補い合うとか、そんな大げさな関係じゃなくていいから。

一緒にいてね。

振り返ると、「なに？」と大地が不思議そうな顔をした。

「なんでもない」と私は答えた。

特別書き下ろし番外編

〃兄〃の追憶

「住み込みのハウスキーパー？」

大地は眉をひそめると、透明な書類ホルダーをデスク越しに返してきた。

「ちゃんと読めよ」

「読んだよ。優雅な晩年だったようで安心した」

受け取って、成一は小さくため息をつく。大地が住まい兼オフィスにしているホテルの一室からは、都心の豊かな緑が見下ろせる。都会の便利さを享受しながらも、こういうところには地方育ちの好みが出るのだろう。

大地がひねくれた物言いになるのもしかたがない。血のつながった祖父の訃報をニュースで知り、出版社経由で状況を聞き出した頃には葬儀も済んでいた。さまざまな雑事を請け負っているという代理人が遺言執行者も務めていると聞いて調べてみれば、公正証書遺言に書かれたとおりに遺産相続の手続きも進んでいるとのこと。さらに相続人は聞いたこともない名前の女性だという。

『だれ、その女』

ふて腐れた言葉の意味はすなわち「調べてきて」だ。

幼なじみの頼みは断れない。成一はこちらが罪に問われない範囲で調べ上げた。

二十八歳、大手のハウスキーパー派遣会社から派遣されたスタッフ。はじめて相楽十五の仕事を請け負ったのは約三年前。一年前から住み込みで勤務。

「……住み込みだって？」

デスクチェアに身を沈め、大地が低くつぶやいた。質のいいスーツを着込んだ姿はどう見ても有能なビジネスマンだが、革靴を神経質に揺らし、コツコツと爪で歯を叩く様子はまるで子どもだ。

幼い頃から抱いてきた、祖父に対するこじれた憧憬が突然行き場を断たれたのだ。

成一は同情を覚える一方で、このハウスキーパーに危害を加えるような命令を受けたらどうやって断ろうかと考えた。

「あの偏屈じいさんと暮らせる人間なんていないはずじゃなかった？」

「お母さんの言葉を真に受けてたなんて、お前らしくもない」

不機嫌な視線がじろっと見上げてくる。じっと見つめ返してやると、しばらくにらみ合ったのち、大地のほうが負けを認めた。

「わかってるよ」

おもしろくなさそうにそれだけ言って、目を伏せる。

三十歳になっても大地はどこか少年ぽい。顔立ちのせいもあるだろうし、いわゆる毎朝ラッシュに揉まれて通勤するタイプの〝お勤め〟を免れているせいもあるかもしれない。あれは心身を削られる。

大学生の頃から彼は、だれかに雇われる人間にはなりたくないと言って、その後の人生の下準備を着々と進めていた。

『あの両親とじーさんの血を受け継いでる俺が、そういうポジションに適してるわけがない。絶対まわりにストレスを与える。だから雇われるのはいやだ』

『雇う側の人間になるってことか？』

『それも興味ない。俺は泳いでいたい』

必要とされる場所に存在して、技術や知識を提供し、自分に向いていないことからは徹底的に逃げる。そういう人生でありたいと言う。

そしてだいたい願ったとおりの人生を歩んでいる。大学を出たあと一度は企業に勤めたが、必要なだけの人脈と知見を手に入れるなりさっさと辞めて自分で事業を始めた。別の道を歩いていると思っていた成一も、いつの間にか吸収されて今に至る。

ようするに結局のところ……。

『似てるんだよな』

『自覚はあるよ。あの親よりは礼儀と常識を知ってるつもりだけどね』

そんな会話を何度したことか。

はじめて大地と会ったときのことは覚えていない。物心がつく前から家族同然に暮らしていた。近所のだれだれの家の子よ、と知らされてはいたものの、幼い成一は正しく理解できず、大地を『親は違うけど本当の弟』だと思って育った。

大地の父親は一帯に散らばる親族の中でも浮いた存在だった。聞いた話では、小中学校時代から手のかかる子どもで、気が乗らなければ教室にも入らず遊んでいるような生徒だったらしい。なんとか地元の高校に入ったものの、ある日『東京に行く』と言ったきり帰ってこず、数年後から実家宛てに謎の仕送りが届くようになったとか。さらにその数年後、東京で出会ったという妻を連れて帰ってきて実家の離れに住み着き、すぐに生まれたのが大地だ。

幼い成一の目から見ても大地の両親は風変わりだった。見せる相手もいない田舎なのにいつも目立つアクセサリーを身に着け、大きな音がする車に乗ってしょっちゅうどこかに出かけていて、おかしな時間帯に帰ってくる。

でも嫌いじゃなかった。

常識外れなところはそのままで、堅気らしくない義理堅さを覚えて戻ってきた。

そう集落で評価されていたとおり、大地の父親は約束を破ったぶん、別の形で必ず返すというような、妙な憎めなさがあった。それよりそもそも約束を守れ、というのは言っても無駄で、そこだけはもう見放されていたが、狭い土地での身内意識は、異分子を排除するよりも隠そうとするほうに働く。白い目で見られながらも大地の父親は、地域に守られていたといえるかもしれない。そしてそこに生まれた大地は、腫れ物であり、哀れみの対象であり、噂の的だった。

一学年下の大地は成一のあとを追うように小学校、中学校と入学し、高校も同じところに入った。通学に一時間半かかる県立高校だったが、大学進学を目指すとなると地方の選択肢は限られる。地域から向けられる好奇の目をエネルギーに替えたのか、単にもとから出来がよかったのか、大地は抜群に優秀な生徒だった。

ひと足先に成一の大学進学と上京が決まると、大地は目に見えて沈み込んだ。

『俺、成一がいないとやっていけないんだけど』

『気持ち悪いこと言うなよ』

『人としてドロップアウトしそう。したらどうする？』

『怖いこと言うな』

『そうならないよう、マメに帰ってきてよね』

すねているわけじゃない、これは本気の脅しだ。そう感じた。

部屋数だけは売るほどある田舎特有の一軒家で、当時成一と大地はそれぞれ自分の部屋を持っていた。成一の家に、だ。大地自身の家にも大地の部屋があるにはあるが、ふらっと帰ってくる父親と母親が勝手に荷物置き場にしたりするため、大地は実家に帰っても、居間で祖父母と会話するくらいしかすることがなかった。

兄弟のように、友人のように育った。

気が合ったし、息苦しい田舎のコミュニティにおいて、頭がよく博識な大地は話し相手として最高だった。女の子と遊ぶ機会があれば連れていったし、そこで少しばかり兄貴ぶってみたり、どんどん場慣れしていく大地を見てさみしくなってみたり、成一もそれなりに兄馬鹿な思春期を送った。

だけどこのときばかりは、ふたりの時間を持ちすぎたことを悔いた。

『努力はするけど』

『いくら法学部は忙しいったって休みはあるだろ。勉強ならこっちでもできる』

『お前、友だちを作れよ。俺以外に』

『本気で言ってる？　考えただけでめんどくさくておかしくなりそうなんだけど』

『どうしてそう……』

人嫌いなんだ、と言おうとしてやめた。一般的とはいえない出生と親に原因があるに決まっている。飲み込んだ言葉の代わりに、いまだに少しだけ成一の背丈に追いつかない頭を、ポンポンと叩く。

『マメに帰るよ』

都心から特急で三時間程度の距離だ。約束どおり、時間を見つけては帰省した。

翌年には大地も都内の大学に合格し、上京してきた。また成一の部屋に入り浸るかと思ったがそうでもなく、大学を通して出会った広い世界で、充実した日々を送っているように見えた。

――が。

まだ覚えている。初夏のある日のこと。

午後の日差しが差し込み、冷房を切ったら一瞬で屋外よりも暑くなるようなワンルームの部屋で、麦茶を飲んでいた。成一は節約のために毎日パックを煮出しており、大地はたまに来るとそれをペットボトルに詰めて持ち帰るのである。

『なんだって?』

『弁護士の専門分野がどうやって決まるのか知らないけど、できたら企業の法務に強い弁護士になってよ、って言ったの』

『まだ弁護士ですらないのに、いつの話だよ』

『すぐだろ？　予備試験にも合格したんだし、司法試験をクリアすれば弁護士じゃん』

『なんでそう興味のない分野には雑なんだ。司法試験に合格したら司法修習、その修了後にも試験がある。そもそも俺は今年の司法試験はたぶん受からない』

『じゃあ来年以降の話でいいよ。こっちも卒業後の話だし。俺はたぶん、やりたくないけど経験値稼ぎとして、数年は経営者をやることになると思う。そのとき成一に法務を任せたいんだよね。っていうかほんとこの麦茶、うまい』

テーブルに両肘をつき、氷を口に入れては噛み砕く大地を、成一は椅子の上から見下ろしていた。

『ほかにも仲間がいるだろ。手広く交友してるじゃないか』

『俺はさ、人あたりはいいし、人を信用することも信頼に応えることも知ってるんだけどね』

グラスに口をつけたまま、じろっとこちらを見上げる。成一はため息をついた。

『知ってるよ。基本、人が嫌いなんだよな』

『それにあの人たち、本読まないし』

出た。これは大地が人を見るときの、勝手かつ切実な基準だ。

『読む人もいるだろ』

『俺の好みの本読みはいない』

『そういう奴と出会いたければ文学部に行けばよかったんだ』

『この間のインターンで文学部の奴と会ったよ。本の話を出してきたから、俺もわりと読むよって言ったら、月に何冊くらい読むのかってさ。いちいち数えてねーよ』

ふんと鼻で笑うと、麦茶を一息に飲み干してグラスを置く。それから立ち上がると、テーブルの上に放り出してあったスマホを拾い上げ、ジーンズのポケットに入れた。もう一方のポケットには文庫本と財布がねじ込んである。荷物はこれだけ。いつもの大地のスタイルだ。

『さっきの話、考えといて』

それだけ言い残して、すたすたと玄関のほうへ向かう。通りすがりに冷蔵庫を開けて、麦茶を詰めたペットボトルを取り出すのも忘れない。

二リットルのボトルを小脇に抱えて出ていくうしろ姿を見つめながら、自分はきっと、大地と働くことになるだろうと成一は思った。

「――てよ。悪い考えじゃないよね？」

はっと我に返った。スーツ姿の大地が目の前に立って、成一を見上げている。

「ああ、悪い、聞いてなかった」

「なにそれ、この距離で話してたのに⁉」

目を丸くして、自分と成一を指さしてみせる。そして成一が持っていた書類ホルダーをぱしんと手で弾いた。

「この女から、十五の家を買い戻して、って頼んだんだよ」

「買い〝戻す〟？」

「じゃあ買い取って。これでいい？」

「そういう申し出はほかにもありそうだな」

「俺より金を出せる人間なんてそういない」

「言い値で買っていいわけだな？」

「金の話を出してきたら、その時点でその女にその家を持ってる資格はないね」

「会ったこともない人間にそう潔癖を求めるな」

「ところが俺は、相楽十五にすら会ったことがないときてる！」

大地は声を荒らげ、成一の手からホルダーをむしり取るとデスクに叩きつけた。ハウスキーパーの写真は手に入れることができなかった。写真を添付すべき場所はぽっかり空き、枠線だけが書かれている。

「絶対手に入れて。俺の名前は出さずに」

「お前の名前っていうと、どれだ？　駿河大地か？　それとも阿国崎？」

デスクに両手をつき、ハウスキーパーの情報をにらみつけていた大地が、その言葉にぱっと振り向いた。くっきりした黒い瞳は、あきらかに母親似だ。

大地の母親は本嫌いだった。

『たぶん学校の教科書以来、活字に触れてないんじゃないかな』

息子がそう言うくらいだから、新聞や雑誌も含め、文字情報をことごとく排除した暮らしをしていたんだろう。そして本好きな人間を軽蔑してもいた。もちろん自分の父親を筆頭に。

本ばかり読んでいたら、本に書かれていることしか想像できない人間になってしまう、というのが彼女の主張だ。自分は〝体験〟することで世界を知るのだと言って、いつもどこかへ行って、だれかと知り合いたがっていた。

一方の大地は生まれながらの本好きで、本を好きな人間のことも好きだった。その性質は彼が小学二年生のとき、酔っぱらった母親が、テレビ番組のクレジットを指さして『この人がママのパパなんだよ！』とささやいたとき、決定的になったのだ。

中学生の時点で大地は、貯めた小遣いで興信所を使い、それが母親の妄言でないという証拠を手に入れていた。

成一との間でだけ共有された、大地の秘密。

両親を冷ややかに見つめながら成長した大地にとって、ただひとつ、誇りであり拠り所でもあった祖父の存在。大地の母親は、十五に大地の存在を知らせていなかったらしい。大地はそれも幸運と捉えており、いつか仕事を通して会えないかな、とたまに漏らしていた。

相楽十五が他界した今、ささやかな夢も霧散した。遺された家が、大地が手に入れることのできる唯一にして最大のものになったといえる。大地には手に入れるだけの経済力も〝資格〟もあり――、そして強烈な理由もある。

「どっちもだよ。あの家はだれでもない、相楽十五のいちファンが買うんだ」

「買ってどうする？」

「ハウスキーパーの知ったことじゃない」

「説明がいる」

「任せる」

さすがに丸投げがすぎる。「お前な」と言いかけたところに、まっすぐな視線が向けられた。

「頼むよ、成一」

結局これか。

成一は弁護士を目指していたというよりも、法律家になりたかった。法治国家に生きる以上、法律を無視しては暮らせない。だったらいっそ法律の専門家になり、だれよりも法律を知り、法律を活用できる仕事に就いたら賢く生きられるんじゃないか？そう考えたからだ。検察官や裁判官でなく弁護士を選んだのは、一番人々の暮らしに近い気がしたから。それだけだ。

だから、どんな分野で活躍したいといった展望はなかった。この人はと思える、尊敬できる弁護士を見つけたら、その人のもとで働きたいと漠然と考えていた。

結局、出会った中で一番興味深くて目が離せない人間が、この大地という男だったのかもしれない。

見上げてくるまなざしの中に、ほんの少しの不安を見つけ、成一は笑った。書類ホルダーを再び取り上げ、それで大地の頭を叩く。

「任せろ」

大地のほっとした顔は、いつも成一に確信を抱かせる。

この人生の選択は、間違いじゃなかったと。

「なにやってんだよ」

『なりゆきで潜入捜査をしてるってことで』

「そんな計画なかっただろ、とっとと戻ってこい」

成一は呆れとも腹立ちともいえない感情を持て余し、大地の部屋のゴミ箱を蹴った。

急に姿を消して音信不通になったと思ったら、件《くだん》のハウスキーパーに飼われていたと知ったときの衝撃たるや。

『家を見てみたかったんだよ。近くまで忍び込めるかなと思ってさ。予想外にうまくいったのは俺のせいじゃない』

「お前は人嫌いのくせに、相手の懐に潜り込むのはうまいんだよな」

嫌味のひとつも言いたくなる。大地がいなくなってから一週間弱というもの、彼の代理としてすべての連絡の窓口を請け負っていたのだ。関わっている会社だけでも片手に収まらないほどある。どれほど大変だったか。

『お前の感じ悪いメールも読んだよ。あんな失礼な文面を送ってたんだな』

「クライアントに合わせてやったんだ。文句があるなら自分で書け」

『一度会って作戦会議しよう。そろそろ俺も自由に行動できるようになったし』

「監禁されてたわけでもないんだろ?」

『初っ端から不審な行動とれないじゃん?』

成一は舌打ちした。

さっきから癇《かん》に障ってしかたない、妙にのんきなトーンの声。甘ったれているような、浮ついているような。

大地のデスクチェアにどっかり座り、スマホを耳にあて直す。

「一応聞くが、現時点でのお前とハウスキーパーの関係は?」

『彼女にはちゃんと名前がある』

「もういい。電話を切るから、会える場所と日時を送れ」

『俺、ばあちゃんの番茶と成一の麦茶がこの世で一番うまい飲み物だと思ってたんだけど、もうひとつあったよ』

「よかったな。惚れた女のコーヒーあたりか?」

『おっ、さすが――』

切った。

「バカか！」

思わず叫んでデスクを殴る。この間まで、憧れの祖父と晩年を共にしたハウスキーパーに幼稚な嫉妬心を燃やしていたくせに。やすやすと取り込まれやがって。

……やすやすと？

ふと疑問が湧いて考え込んだ。

それなりに多彩な女性遍歴を持つ大地だが、今みたいに、とろけそうになっているところを見たことがない。愛想はよく気遣いもできるから、理想的な彼氏として重宝されはするものの、当の本人は『疲れる』と言って定期的に息抜きに成一のところに来るようなあんばいだった。

へえ。

このところ常に持ち歩いている、ハウスキーパーの資料を鞄から取り出して眺める。メールでのやりとりも、増えるたびにプリントアウトして資料に追加している。ペーパーレス化が進まない分野の代表と言われる法曹界の人間の習い性だ。

初期に何度かもらった断りの返信。警戒心に全身の毛を逆立てているような怯えを感じ取れる。なんの肩書もついていない、心細そうな文末の署名。

成一はノートPCのキーを叩いた。つい先ほど届いたメールを開く。ハウスキーパーから来た、アポを受け入れる内容の返信だ。
すっきりとまとまった、堂々とした文章。
この変化は、大地が与えたものだろうか。あの大地が、人と影響し合っている？
ふうん……。
成一はしばらく画面を眺め、ふうっと息をつく。
そして姿勢を正し、メールを打ちはじめた。

桂奈子様。

おわり

若き帝王は授かり妻のすべてを奪う

若菜モモ

一、ピンチを救ってくれた日本人

「これでよしっと」

真紅のルージュを塗り唇を鏡で確認してから、全身へ視線を走らせる。

ルージュはもとより、メイク道具からふんわりアップにした髪を艶やかにさせるヘアケア製品は私が勤めている『ヴォージュパリ』という化粧品メーカーのものだ。

ルージュの色と同じ膝下十センチまでのドレスはサテンとオーガンジーで作られており、胸もとを綺麗に見せてくれるハート形のデコルテライン。ウエストは絞られ、スカート部分は隣の座席に邪魔にならないくらいの広がりだ。

肩から手首まではオーガンジー。幅広の手首を飾る小さな黒のサテンのくるみボタンが気に入っている。

九月末の今日は、世界的に有名なバレエ団の千秋楽がパリの由緒ある劇場で公演される日。一年も前にチケットを取って、ずっと楽しみにしていた。

ふと視線を自分の背後へ移す。

等身大の鏡に映る私のうしろにはいくつもの段ボールが積まれていた。

私、伊藤萌音《いとうもね》は、大学二年生の十九歳から二十八歳になった今年までの約十年間、セーヌ川の南岸に面した古いアパルトマンの三階でひとり暮らししていたが、明日の夜のフライトで日本へ戻る。

パリで暮らすようになったのは、日本企業に勤めている父の転勤で日本の中学を卒業してからだった。家族でパリに越してきた。

パリのインターナショナルスクールに入り、フランス語を猛勉強してこっちの大学に入学した。パリでの生活を楽しんでいた大学二年生のとき、父が本社に異動になり母とともに帰国したが、私はこのアパルトマンに引っ越しをして、その後『ヴォージュパリ』に新卒で就職した。

パリでの生活は毎日が刺激的。仕事帰りに同僚たちと食事をしながら大好きなワインを楽しんだり、休日には大学時代からの女友達とドライブに出かけたり、ひとりで過ごしたいときは美術館でゆったりとした時間を取る。

自由な独身ライフに暗雲が立ち込めたのは一年前くらいから。

日本にいる両親から再三にわたる『恋人は？』『結婚しなさい』『いないのならお見合いをしなさい』『いつまでパリにいるの？　早く異動届を出して日本へ帰ってきなさい』と、頻繁に連絡が来るようになった。

そして三カ月前、父親に胃がんが見つかり手術したが、すべては取り除けずに化学療法で治療をしていく方向に。

結婚を考えるよりもまず日本に戻らなければならない気持ちに襲われた。年に一度両親に会えばいい方で、今までなにもしてあげられていない。日本へ戻って親孝行をしようと決心して異動願を出した。

親孝行はしたい。けれど、パリを離れるのは寂しい。希望の部署への異動が決まるまではパリを楽しもうと思っていたのだが、ちょうど日本支社の企画課にポストが空いていて、本社の企画課にいた私は十月から日本で働くことになった。

今日のバレエ公演を観られるだけでもツイていると思っているが、日本へ帰ったらお見合いをしなければならない。電話の向こうでさめざめと泣く母がかわいそうで、つい『お見合いをする』と約束をしてしまったのだ。

「はぁ……」

帰国とお見合いを考えると、私の口からは重いため息しか出ない。

でも今日は一年も前から楽しみにしていたバレエ公演だ。しかも最終日は特別感がある。

重い話は頭の隅に追いやって、自分でご褒美として買ったハイブランドの黒地に蹄鉄や馬、ほかにも素敵な柄の入っているショールを肩から羽織った。

差し色にロイヤルブルーのコロンとしたフォルムのハンドバッグを持ち、部屋を後にした。


タクシーで向かったのは、世界最古のバレエ団を持つ宮殿のような外観の建造物。ときどきこの場所を通ることはあったが、夕暮れ時のライトアップされた石造りの建物の前に立つと圧巻だ。これから中へ入れると思うと楽しみで胸が高鳴った。

到着してタクシーを下車し、黒の十センチヒールで向かう足もとで裾が揺れる。

パリっ子のように、颯爽と歩を進めた。

ハンドバッグからチケットを取り出し建物へ入場の際にスタッフに見せる。周りを見れば、特別な夜に着飾った紳士淑女の風情といった観客が重厚な扉へと吸い込まれていく。

劇場内は金と赤で統一されており、赤いビロードで覆われた座席、二階の両サイドにはボックス席、巨大な年代物のフレスコ画の天井と美しいシャンデリアが豪華な雰囲気を醸し出している。

今回の観客席は贅沢をして前から七番目の列のど真ん中。

「マドモアゼル、お席までご案内いたします」

私が手にしたチケットから男性スタッフは座席番号を確認して通路を進む。

目的の座席がある並びに立った案内人がふいに私を振り返り、「もう一度チケットを拝見させてください」と手を差し出してきた。

「どうぞ」

チケットを渡して、私の席であろう場所へ視線を向けたとき、彼が困惑気味だったわけがわかった。

私の座席と思われる場所に白髪をシニヨンに結った女性が座り、隣の同じく白髪の男性と話をしていたのだ。

「マドモアゼル、少しお待ちください」

「え？　は、はい……」

男性スタッフが品のいい女性に近づくのを見守る。彼は着座する女性からチケットを出してもらい確認している。

私は女性が一席ずれて座っているものだと楽観視していた。でも、チケットを見ている顔が曇り青ざめたような気がして胸の中がざわめく。

いったいどうしたの……？

男性スタッフは夫婦と思われる男女を連れて私のところへやって来た。

「マドモアゼル、申し訳ありませんがコンシェルジュデスクまでお越しいただけますか？」

至極丁寧に言われ、私は連れられてきた男女へ目を向けた。ふたりは当惑している。

私たちはいったんここを離れ、重厚な扉へ向かった。

コンシェルジュデスクに移動し、劇場の総支配人に男性スタッフが二枚のチケットを見せて説明をしている。

事の次第を把握した総支配人は即座に私たちに深く頭を下げる。

「大変申し訳ございません。当方の手違いで同じ席をお売りしてしまったようです。別にお席をご用意させていただきたいのですが、あいにくこの近辺には椅子を置くことができず、うしろになります。もちろん、ご希望の席ではないので料金は返金させていただきます」

総支配人は夫婦にではなく、私ばかりを見て話をする。

「まあ、あのお席の近くではないの？」

マダムの方が困ったように頬に手をやり、連れの男性へ視線を向ける。

「はい。なにぶん通路ですので……。本当に申し訳ございません」

「困ったな。由緒ある劇場にこんな手違いがあるとは」

ムッシュは口をへの字にして気分を害しているみたいだ。もちろん私もショックを受けている。でもふたりで並んで座っていたのに、別々で観させるなんてできない。

私にとって最高に贅沢な場所で〝ロミオとジュリエット〟の演目を観られないのは残念だけど、どう考えても私が折れるしかないのだ。

「……お席、お譲りします」

四人の目がいっせいに私に向けられる。全員がホッと安堵したような表情だ。

「でも、せっかく取ったお席を譲っていただくなんて……」

マダムは困ったように総支配人を見つめる。

「おふたりは並んでいますし、私が別の席へ移動すれば事が収まりますから」

総支配人は腕時計で時間を確認し、「もうそろそろ開演ですので」と夫婦を促し男性スタッフに案内をするよう伝えている。

「マドモアゼル、心苦しいが失礼するよ」

男性が私に声をかけ、マダムは「ありがとう」と言って戻っていく。ムッシュはマダムの手を自分の腕にかけさせている。仲睦まじいうしろ姿に、残念だけどいい行いをしたのだと、自分を納得させる。

私も腕時計へ視線を落とす。

「あと十分で開演ですね。席へ案内してください」

潔くあきらめて総支配人へ言ったとき、私の横に誰かが立った。

「マドモアゼル、私の席へ招待させてもらえないだろうか」

私の席……？

どういうことなのだろうと、顔を総支配人から隣に向けた。

そこに立っていたのはタキシードを着こなした黒髪の東洋人男性だった。私とあまり年が変わらなそうだけど、堂々としていて年齢不詳だ。

「これは、ムッシュ・フワ。それではあなたさまにご迷惑をおかけします」

どうやら総支配人の知り合いのようだ。

ムッシュ・フワ……？　〝ふわさん〟ってこと？　日本人？

でも先ほどのフランス語は母国語のように流暢だったので、断定はできない。

「あの、あなたの席ならば、あなたは観られなくなるのでは？」

高身長の彼は百六十三センチの私よりかなり高く、清潔感のある黒髪は前髪をうしろに流している。形のいい眉の下は奥二重で切れ長の目、鼻筋は通り、薄めの唇だけどアンバランスに少し大きい。

まさにこれからパーティーに繰り出すスタイルの男性だ。

「そうではなく、私のボックス席で観ればいい」

「ボ、ボックス席……」

「私は不破雪成《ふわゆきなり》。君も日本人かな？」

流暢なフランス語で自己紹介をする声は、私の気持ちを落ち着かなくさせる厚みのある響きだ。

「はい。伊藤萌音といいます」

私が日本語に切り替えて自己紹介をすると、彼の切れ長の目が若干大きくなったように思えた。

「……同じ日本人のよしみで、困っている君を招待したい」

この素敵な男性がひとりで観劇に来たとは思えない。しかもボックス席なのだ。連れの女性がいるのではないだろうか。

「お連れの方がいらっしゃるのでは？」

「いや、私ひとりだ」

不破さんはタキシードの袖を少し上げてプラチナのような渋い光を放つ腕時計へ視線を落とした。

いたしますので、いかがでしょうか？」

「開演五分前だ。どうする？」

そこで日本語で会話した私たちに総支配人が口を開く。

「おおっ、マドモアゼルもジャポネでしたか。ムッシュ・フワの人となりは私が保証いたしますので、いかがでしょうか？」

先ほど渋っていた総支配人は私が日本人だとわかって勧めてくる。

「もちろん代金は返金させていただきます。のちほどお席までお持ちいたします」

「どうする？　時間がないが？」

再びフランス語に戻した彼は判断を私に任せる。

「……よろしくお願いします」

「ウイ。行こう。エスコートする。どうぞ」

不破さんは自分の腕に手をかけるような仕草をする。

「ありがとうございます」

日本人なのに紳士的なマナーが自然で、彼の腕に手をかけながらこの謎の男性はどういう人なのだろうと歩を進めながら考えていた。

緩やかな螺旋階段の先、驚くことに奥の扉まで彼は私を案内する。

一番奥の扉って……もしかして……。

扉の前にタキシードを着たドアマンらしき年配男性が立っていて、不破さんの姿を確認すると会釈したのち静かに扉を開ける。

「どうぞ。段差があるから足もとに気をつけて」

扉を開けた不破さんは私を小さな部屋に促す。

入室した私は呆気にとられて、うしろの不破さんを振り返る。

「まさか、この劇場で一番のボックス席だったなんて……」

不破さんは口角を上げてニヤリと笑う。

「席を譲った優しい君は、ここにいて当然だ」

「今回は贅沢をしていい席を取ったのですが、それにしても、ここでは雲泥の差です。それに優しくなんかないですから。ものすごく残念で。でも向こうはお年寄りですし、ふたり連れでしたので」

優しい君と言われて恥ずかしくなり、赤くなったであろう顔を見られないように歴史ある木製の手すりまで近づき、自分の座席だった場所を見る。

二階といっても、舞台の方が一階の席より高さがあるので目線が少し下がるだけで、ここは本当に観劇席としては最高のところだ。

このボックス席に不破さんはひとり。急遽、女性が来られなくなったとか……?

「眺めとしては下の方がいいかもしれない。だがここは話がしたければ小声ならマナーに反しないし、ホワイエへ行かなくてもシャンパンを飲みながら鑑賞できるという特典がある」

「この場所で飲めるんですね。でも、ここのホワイエは美術館級なので、ぜひ行きたいと思っているんです」

今いるボックス席の壁紙も中世の古めかしいもので、アンティークな椅子は両サイドに手を置く場所がある豪華なものだ。

そこへブザーがなり、辺りの照明が落とされた。

「座ろう」

不破さんは舞台に近い方の席を示し、私に座るよう言った。

「あ、でも」

ボックス席に入れてもらっただけでもありがたいのに、さすがにいい方の席には座れないと思いもうひとつの椅子へ足を踏み出した途端、絨毯がヒールに引っかかり倒れそうになった。不破さんが冷静に腕を差し出してくれて、倒れるのを免れた。

腕を掴《つか》んだ手はすぐに離れる。

「すみません……ありがとうございます」

「暗いから気をつけて。気兼ねなく座ってほしい」

「……ありがとうございます。では、失礼します」

椅子に腰を下ろしたとき、舞台のえんじ色の重たそうな緞帳《どんちょう》が開いた。

お城のセットの前で大人数のバレエダンサーたちが舞い始める。

その美しさに息をのんでいると、音もなく先ほどのバトラーが現れ金色の液体の入った細長いグラスが二席の間にある小さなテーブルに置かれた。そしてバトラーは出ていった。

「ここの特権だ。シャンパーニュは飲める？」

「はい。いただきます」

不破さんは軽くグラスを掲げてから唇へ持っていく。先ほどのことで喉の渇きを覚えていた私も、細かい気泡の立っているシャンパーニュを飲んだ。

信じられないくらいおいしい。

劇場で最高の席と、シャンパーニュ。総支配人にも名前を覚えられている。落ち着いて見えるけれど、そんなに年上でもなさそうだし……。私よりも五歳くらい上？

この人はいったい何者……？

世界的に有名なプリマバレリーナが演じるジュリエットは生成りに金のラインが入った膝丈の衣装を着て、美しい踊りでロミオを魅了する。もちろん観客も微動だにせず主役ふたりを見つめている。

一度目の幕が降ろされたとき、私は思わず満足のため息を漏らした。これから四十五分間の休憩だ。

「不破さん、本当に素敵な席をありがとうございます」

「そのぶんだと楽しめているみたいだな」

「もちろんです。ここは最高の席ですから」

不破さんは熱く言う私に微笑み、席を立って手を差し出す。

「さてと、ホワイエへ行こうか」

「はい」

彼の手に自分の手を置いて立ち上がった。信じられないくらいスマートで、そういった男性のエスコートにはパリでの生活でそれなりに慣れている私でも、不意を突かれて胸をドキドキさせてしまうほどだ。

いくつもの豪華なシャンデリア、天井には見事なフレスコ画があり、飲み物を手に着飾った男女が隣のサロンへ入っていく。

「不破さん、私にご馳走させてください」

カウンターの前でハンドバッグを開けようとする私の手が押さえられる。

「女性におごられるのはかっこ悪いな。気兼ねせずに頼んでくれ」

「不破さん……席でもシャンパーニュをいただいていたので、ここはかっこ悪いとかおっしゃらず私に」

引き下がらない私に彼は口もとを緩ませ、首を左右に振る。

「ここで支払ったくらいで一文なしにはならないから。ほら、うしろがつかえている」

「では赤ワインをお願いします」

不破さんはうなずき、カウンターの中にいるスタッフにオーダーする。深みのある赤い色の液体が入ったグラスを渡される。

「向こうへ行こう」

向こうとは、ソファや椅子のあるサロンのことで、混雑から逃れて不破さんは空いていた二席へ私を連れていった。

ホワイエから近い私たちは座れたが、ほかの観客たちは立ち飲みになるだろう。こんなところでもボックス席の恩恵にあずかれた。

「ブルゴーニュ産の赤ワインだ」

「いただきます」

ひと口飲んでみると熟成した銘柄のもののようで、絹のように舌をすべり、喉もとを通っていく。ブルゴーニュ産のワインは大好きでよく飲むが、こんなに贅沢な味わいのものは初めてだ。いや、目の前に極上の男性がいるからなのかもしれない。

不破さんは長い脚を組んで赤ワインを舌でゆっくり転がして飲んでいる。その姿は様になっていて、こんなにもこの場所と赤ワインが似合う男性がいるのだろうかと心の中で賛美する。

「不破さん、フランス語が流暢ですね。フランス在住ですか？」

「いや、商用で来ている」

商用だけでここまでフランス語ができるのはあり得ない。そう思っていた矢先、イタリア語が飛び込んできた。不破さんが口ひげをたくわえたおしゃれなスーツ姿の年配の男性に声をかけられたのだ。

「ユキナリ、久しぶりじゃないか。こちらの美しい女性を紹介してくれないか？」

フランスの隣国なので、大学で勉強し私もイタリア語は少しならわかる。

不破さんは組んでいた脚を解き立ち上がり、笑顔で男性とハグをする。

「ドメニコ、こんなに人がいるのに見つけるとは目ざといな」

フランス語だけでなくイタリア語もスムーズに会話できる彼に、私は目を見張る。

「実は私も反対のボックス席にいたんだよ。このグラスでユキナリを見つけてね」

ドメニコと呼ばれた男性はポケットからオペラグラスを出してみせる。

「それよりも美しい彼女と話をさせてくれ。ユキナリの恋人なんだろう？」

「え？　い――」

私が否定をしようとしたところへ、不破さんの腕が私の肩に回った。そしてまるで話を合わせろというように、肩が大きな手のひらでなでられる。

「もちろん。綺麗だろう？　モネ・イトウだ」

不破さんが一回言っただけのフルネームを覚えていたことに驚きだ。

「モネ！　素敵な名前だ。ユキナリと同じ日本人なのかな？」

「はい。はじめまして。お会いできてうれしいです」

挨拶の意味で手を差し出すと、ドメニコさんは握手ではなく甲に唇を落とす。こちらの生活でこの挨拶も慣れてはいたが、情熱的な目つきで見られて困惑する。

「ショールがよく似合っている。そのデザインは二年前のものだね」

このブランドのデザインは似たり寄ったりで、ズバリ的中させるドメニコさんに呆気にとられた。

「彼はこのブランドの創始者の孫だ」

日本語で説明されて、私は驚きを隠せない。私が一番好きなハイブランドで、似合うような女性になりたいと思っていたから。

「モネ、今度美しいあなたに似合うショールをぜひプレゼントさせてください。ユキナリ、彼女をパリの店へ連れてきてくれないか」

「そうしよう。もうそろそろ時間だ。ドメニコ、連れの女性が待っているんだろう？楽しい夜を」

「ああ。では、シニョーラ、約束を忘れないでくれ」

ドメニコさんは私たちのもとから立ち去った。彼がいなくなり私の肩から不破さんの手がどかされる。

「あの、どうして恋人と……？」

「彼は女には見境なくてね。とくに君のような綺麗な女性はすぐに口説きにかかる。当初の目的のバレエなんて頭から消え去るくらいに」

「私の父親くらいの年齢なのに？」

ホワイエの出口に歩を進めていた不破さんが突として立ち止まり、私を見下ろす。そしてため息をついた。

「君は男というものがわかっていない。君になら祖父ほど年の離れた男性でも口説きにかかるさ」

「ここに十二年前から住んでいるんです。そんな人見たことないです」

「君の周りにはいなくても、俺の周りにはいるんだ」

日本語での彼の一人称が〝俺〟になると、やけに男性的に感じて胸がドキッと高鳴る。

「飲んでいるときでさえ、華奢な首へ視線を送っていた男がいたぞ」

「えっ？」

信じられない言葉に、思わず首に手をやった。

「ま、まさか……」

そう言う私に不破さんはあきれた笑みを浮かべ、「行こう」と促した。

ボックス席に着いてすぐ、総支配人が現れた。返金の件だ。私が支払った金額分のユーロが封筒に入って渡された。でも最高の席で楽しんでいた私は受け取れない。

「私はここで楽しんでおりますから」

「いいえ。それはムッシュ・フワのご厚意によるもので、当方のミスはミスですので、お受け取りください」

「不破さんからも必要ないと言ってくれますか？」

傍観していた彼にお願いする。

「総支配人の言葉通り、劇場のミスだ。私は善行をしただけだ。君の金だ。受け取ればいい」

私は仕方なく受け取り、ハンドバッグの中へしまった。

軽やかなステップを踏むジュリエットを瞳に映しながら、今ひとつそれに集中できないでいた。

フランス語だけでなくイタリア語までも流暢に話し、高級ブランドの創始者の孫とも知り合い。劇場の総支配人にも名前を周知されている。

こんな日本人見たことないわ。

信じられないくらい高いボックス席を買うくらいなのだから、セレブなのだろう。

立場が違いすぎるけれど、私は彼の頭のよさと、初対面の私をお姫さまのように扱うマナーのよさに惹かれている。

セレブだからなせるわざなのかもしれないが、たとえぼろ布を纏っていても人々を従わせるオーラのようなものは消えないはず。

この幕が終われば、彼とはさよならだ。

そう考えると、今まで明るかった心がロウソクの灯がふっと消されたかのように暗くなる。

いけない。舞台に集中しなくちゃ。あと三十分ほどで終わってしまう。

私は心の中で戒めて、舞台に焦点を合わせた。

二、帰国前日の情熱的な一夜

スタンディングオベーションで劇場は歓声に覆われた。もちろん私も隣の不破さんも立って、すべての演者たちに惜しみない拍手を送っている。

彼らは観客に応えるように各方面に優雅にお辞儀をし、その後は手を振っている。

そして主役のふたりが私たちの方へ体の向きを変え、目と目が合った。彼らは笑みを浮かべてロミオ役の男性がジュリエット役の女性の手を携え、膝を折った。

劇場で一番いい席だからなのだろうか？

「不破さん、彼らとお知り合いってことは――」

「むろん、ない」

彼が否定したとき、幕がゆっくり下ろされていった。幕が床にピタッとつくまで、観客たちの割れんばかりの拍手は続いた。

そして劇場の電気がいっせいにつき、観客たちが座席を離れていく。

私は不破さんの方へ体を向ける。

「今夜はありがとうございました。不破さんが申し出てくださらなければ末席で遠くから観なくてはなりませんでした」

「ひとり寂しく観るところだったから、君がいてくれたのは神さまの思し召しといったところかな。お互いに利点があった。伊藤さん、これから夕食に誘いたい」

「夕食まで私と一緒でいいのですか？」

「一緒にいたいから誘った」

きっぱりとした言い方に、私の胸がトクンと跳ねる。

「……では私が今日のお礼に」

まだ不破さんと一緒にいられる。うれしくなって笑顔を向ける。

「それはダメだ。今日はツイていたと思ってくれればいい」

彼のような人は女性に支払わせないのだろう。

私は困りつつも、コクッとうなずいた。


不破さんは、劇場から目と鼻の先にある五つ星クラスのホテルのレストランへ私を案内した。

パリに住んでいてもこのホテルには足を踏み入れたことがないほど、超がつくくらいの高級ホテルだ。

時刻は二十一時三十分を過ぎていたが、落ち着いた趣のあるレストランには食事を楽しむ人々がいる。

こんな高級なレストランへ連れてこられて、私は気後れ気味だ。

「窓から劇場が見えます。ライトアップされて綺麗ですね」

「君はパリが長いのだろう？　こんな景色は見慣れているのでは？」

私がパリ在住なのは話してあった。

「ときどき通りますが、素敵なホテルのレストランからの光景は初めてです」

そこそこいい年俸をもらっていても、ひとり暮らしの私には五つ星クラスのホテルでのディナーは滅多にない。

「伊藤さんは何歳のときにこちらに？」

「中学を卒業してすぐです。フランス語なんてぜんぜんわからなくて、インターナショナルスクールで必死に勉強したんです。大学でイタリア語も勉強しましたが、簡単な会話くらいしかできないです」

「ドメニコとの会話がわかるのなら不自由はないはずだ」

彼は自分のことをほとんど話さないので、少し考えてから口を開く。

「私も質問していいですか？」

「内容によるな」

「では、年は？」

「三十歳だ。こちらから女性に年齢は聞かないよ」

などと言って不破さんは微笑む。

食事が終われば彼は素敵な経験をさせてもらえただけの思い出になる人。謎めいているけれど、今はシンデレラのような気分で楽しくてそんなことは関係なかった。

ふと、私は明日の夜フランスを発たなければならないという現実を思い出した。

でも今は憂鬱な一件を忘れて楽しみたい。

「日本では東京《とうきょう》に？」

私に質問をした不破さんは真鯛のムニエルをナイフで切り、フォークで口に運ぶ。

その所作は優雅だ。

「はい。渋谷《しぶや》区に住んでいました」

「渋谷区か。恵比寿《えびす》に有名な私立小学校があるが、もしかしてそこに？」

「すごいです。よくわかりましたね」

私はびっくりして微笑みを浮かべる。

「ムッシュ、お飲み物はいかがでしょうか？」

メニュー表を手にしたソムリエが立っていた。不破さんはメニュー表をもらわずに、出来のよかった年代の白ワインをオーダーする。

劇場でシャンパーニュを数杯、ホワイエで赤ワイン、今もシャンパーニュを二杯飲んでいる。普段私が飲むキャパシティがもう少しで限界になりそうだ。

私よりも飲んでいる不破さんは顔も赤くなければろれつもしっかりしていて、まったく酔っていないみたいだ。

ムニエルを口に運んでいるうちに、グラスに白ワインが満たされる。

しだいに気持ちが解放され、今後の身の振り方などどうでもいいように思えてくる。

不破さんとこうして食事をしながらお酒を飲んでいると、今が二十八年間で一番楽しいのではないかと感じた。

食事が終わっても、まだ一緒にいたい気持ちが続いている。

「不破さん、今日のお礼に一杯だけご馳走させてください」

「……わかった。バーへ行こうか」

やっと折れてくれた不破さんに私は顔を緩ませる。

「よかった……ご馳走さまでした」

伝票にサインをし終えた彼は立ち上がり、私のところへやって来て椅子を引いてくれる。

立ち上がるが、思ったより酔っているみたいでふらつきそうだ。

しっかりしないとすぐにタクシーをつかまえて帰らなければならなくなる。

ここでも不破さんはマナーを忘れず、自分の腕に私の手を置かせると、レストランを後にして隣のバーへ向かう。

照明が落とされたバーはほんのりオレンジ色の明かりで、歴史を感じさせる飴色のカウンターのバーテンダーのうしろには、世界各国のお酒のボトルが並んでいる。

私たちはえんじ色のソファ席に案内された。丸い小さめのテーブルに、肩が触れ合わないくらいの位置にハの字型に置かれたひとり掛け用のソファ。

私が腰を下ろすと、左手のソファに不破さんが座る。

「不破さん、なんでも頼んでください」

「伊藤さんは？」

テーブルに置かれたメニュー表を渡され、一番に目についたカクテルに決めた。

「私はドライマティーニで」

「ではコニャックにしよう」

不破さんはウエイターを呼び注文を済ませると、腕時計へ目を落とした。

「十一時だ。一杯飲んだら送っていく」

「送らなくても大丈夫です。私はパリっ子ですよ？」

「それでも遅い時間にドレスアップした女性をひとりで帰すわけにはいかない」

「……ありがとうございます」

一杯飲むのにかかる時間なんて、十分？　二十分？

日付が明日に変わる前にシンデレラの魔法が解けるのだ。

ふいに斜め前のテーブルから女性のクスクス笑う声が聞こえて、視線がそちらへいく。

ブロンドの女性が隣の男性と顔を突き合わせて笑っている。お酒が入って楽しくてしょうがないといった雰囲気だ。

楽しそう……。

ふたりから目を離せられないでいると、女性が男性の後頭部に回り互いの顔が近づき、唇が合わさる。

ここはパリ。見慣れた光景だ。公園を散歩していても道を歩いていても、キスシーンなんて頻繁にお目にかかる。だからいつもはなんとも思わないのに、私の胸がドキドキと暴れ始める。

「お待たせいたしました」

ウエイターがコニャックとドライマティーニをテーブルの上に置いて去っていく。

「ふ、不破さん、乾杯しましょう」

彼に向き直りカクテルグラスを手にする。不破さんもコニャックのグラスを持ち軽く掲げて口に運ぶ。

やけに心臓が暴れるのを気にしないようにして、私もドライマティーニをひと口飲んだ。思ったよりアルコール度数が高くて、喉をかあっと熱く通っていく。

静かなバーに先ほどのカップルのリップ音まで聞こえてくる。不破さんもカップルに気づいたようだ。だけど興味なさそうに視線をチラリと向けただけだ。

「伊藤さんは姿勢がいいな。バレエをやっていたとか？」

「あたりです。さすがですね」

微笑む私に、不破さんも口もとを緩ませる。

「首が長いし、デコルテラインが今日のジュリエットのようだからな。目鼻立ちも整っていて美人だ」

「そ、それは言いすぎです。彼女は世界的に有名なバレリーナですよ。私なんか比較の対象になりません。私がバレエをやっていたのは大学一年生までなので、もうだいぶ経って、スタイルが変わりました」

大学に入ったとき、練習中にアキレス腱を切ってしまい、バレエから離れたのだ。

「そうだろうか」

恥ずかしくなってドライマティーニを飲んでから、なんでこんな少ないカクテルを頼んだのか後悔した。自分のグラスが空になっているのに気づいたと同時に頭がふらふらするのを感じる。でもまだ今日を終わらせたくない。

彼のコニャックもあと二センチほどしかなかった。

「不破さん、もう一杯……いかがですか？」

「君は酒に強いんだな」

「強くは……」

そう答えたところで、先ほどのカップルが立ち上がったのが目に入った。そこでも情熱的にキスをして、もう離れられないとばかりにぴったり寄り添いながらバーを出ていった。

私にもあんなふうにしてくれる人は現れるのだろうか。両親はお見合いをさせると言っていたけれど、どんな人？

「どうかしたか？」

「え？　あ、ええ……。なんだかうらやましくなったんです」

「うらやましく？　綺麗な君なのに、恋人がいないのか？」

「いません。や、やっぱりもう帰りましょう」

これ以上完璧な不破さんのそばにいたら、お見合い相手に惹かれないかもしれない。

ウエイターを呼ぶ前に、スマートにクレジットカードが出せるようにハンドバッグを開けた。そこで私の目に留まったのは劇場の支配人から返してもらった代金の入った封筒だ。

ふと、とんでもない考えが脳裏をよぎった。

「……不破さん。これで今夜、あなたを買いたい」

そう口に出したのは衝動的だった。下唇を噛みながらテーブルの上に封筒を置く。

チケット代は八百ユーロ。日本円でだいたい十万円。

不破さんは一瞬涼しげな目を大きく見開いたが、楽しそうに笑う。

「俺を買ってなにがしたい？」

「あなたは女性慣れしているし、セ、セックスがしたくなったんです」

なんてことを言っているのだろうか。彼の目を見られないほど羞恥心に襲われた。

「クッ、清純な君の口からセックスとは。酔いが回っているんじゃないか？」

「よ、酔っていますが、自分を見失っていないです。正直になりたいだけ」

パリの最後の夜に一度だけ、はめをはずしてもいいのではないか。

「君が本気なのかは、部屋で試させてもらおうか」

「え？　試す……？」

試すって、なに？

不破さんはテーブルの上の封筒を取りジャケットのポケットにしまうと、すぐ近くのウエイターにチェックを頼む。

彼の言葉の意味を考えているうちに、精算伝票を持ってきたウエイターは不破さんに渡そうとする。

「あ！　それは私が」

手を伸ばして精算伝票をもらおうとしたところでよけられ、不破さんは速やかにサインを終わらせた。

「不破さんっ、約束が違います」

「払い戻し分で俺を買ったんだろう？　ドリンク代込みでいいだろう。行こうか」

ウエイターが丁寧に頭を下げる横を、私は不破さんの大きな手に引かれてバーを出た。彼はホテルを出ずに奥へ向かう。

「不破さん、このホテルに泊まっているんですか?」

「そうだ。俺を買って事を済ませるには手っ取り早いだろう?」

事を済ませるって……。

エレベーターホールに足を踏み入れたとき、ちょうどやって来たエレベーターに乗り込まされ、彼はカードキーをパネルに差し込み最上階を押した。

私の手は不破さんにつながれたままで、暴れる心臓の音が聞こえませんようにと祈りながら足もとを見つめる。

すぐにエレベーターは最上階に到着した。

連れていかれる私の足はふわふわしていた。

やっぱり酔っているのだ。そうでなければ、二十八歳の今まで男性と関わりを持たなかった私が行きずりに等しい人にバージンを捧げるなんてありえない。

部屋の前まで来ると、不破さんは私を涼しげな目で見つめ、カードキーを指先でクルッと廻す。

「決心は? 今ならやめて送ることもできる」

「……変わっていません」

「わかった。入って」

彼は鍵を開けて私に入るように促す。

怯まないように小さく深呼吸をしてから部屋の中へ進む。

薄暗かった室内の明かりがパッとつき、明るくなった。

最上階で想像はしていたが、ゴージャスなスイートルームだった。目の前にあるのはモダンなデザインで座り心地のよさそうなソファセット。いくつもある上の方がカーブしている窓からは、オレンジ色に照らされた劇場の屋根がここからでも見えた。

背後で衣擦れの音が聞こえハッとして振り返ると、不破さんがタキシードのジャケットを脱いでいた。

無造作にジャケットをソファの背に放った彼は続いてブラックタイを取り去り、カマーバンドをはずす。

無駄のない動きでそれらを取り去っていく不破さんの手の動きに魅せられて、私はその場から微動だにせずにいた。

白いドレスシャツのカフスをはずす不破さんは色気たっぷりで、私は息をのんだ。

今日飲んだお酒が一気に体の中を駆け巡るみたいに全身が熱くなる。

男性を見てこんな感覚になるなんて思わなかった。

彼はキラリと光る石の入ったカフスをテーブルの上に置き、無言で私に近づく。

ゆっくりと近づいてくる不破さんにはセクシーという表現がぴったりで、ずっと高鳴っていた私の心臓はさらに激しくなっていく。

さっき、試すって言っていたけれど、試すってなにを……？

ギュッと取っ手を握っていた私の手からハンドバッグが取り上げられ、ソファの上にポンと置かれる。肩にかけていたショールもはずされた。

自分のものが彼の手でどんどんどかされていくのに、舌が貼りついたみたいになにも言葉にできない。

不破さんも入室してからひと言も口をきいていない。彼が黙ったまま私の後頭部に手を伸ばした後、胸もとまで長さのあるブラウンの髪がふんわりと肩に落ちた。

髪留めのピンが抜かれたのだ。ピンはソファに放られ、見事にハンドバッグの横に転がった。

緊張した面持ちで彼を見つめていると、私をその場に残したまま広い部屋の左手にあるベッドの端に腰を下ろした。

え……？

置き去りにされた感満載で、困惑しかない。

突っ立ったままでいると、不破さんは「クッ」と楽しげに笑う。

「俺を買うんだろう？　こっちへ来てその気にさせてみろよ」

そ、その気にさせる？

この年にもなってキス以外未経験の私が、女性慣れしていそうな不破さんをその気にさせられるわけがない。

「萌音？」

今まで『伊藤さん』と呼んでいた彼の口から出た『萌音』は極上のショコラのように上品な甘さを漂わせ、鼓動がバクバク打ち鳴らして足の力が抜けていきそうだ。へなへなと座り込まないうちに、私はゆっくり歩を進めるしかなかった。

どうやって不破さんをその気にさせられるの……？

彼に動揺を気づかれないよう、バレエで培った優雅な所作で歩いているつもりだが、かなりのお酒を飲んだせいで少しふらつき気味である。

脚を開いてベッドに座る不破さんのところへなんとか到着し隣に座った。すると、彼がおかしそうに笑った。

「どうした？　早く俺をその気にさせろよ」

挑発する不破さんにタジタジになる私だけど、脳裏に先ほどのカップルが思い浮かび、あんなふうにキスして抱きしめられたい気持ちで心を決めた。

私は不破さんの肩に手を置き、顔を彼の方へ伸ばした。

私の唇が官能的な唇を捉えそっと重ねる。身長差があるため不破さんの首に両腕をかけているのに、彼は棒のように真っすぐの姿勢のままで首を折ることなく、唇を合わせただけで離れた。

「そんなんじゃ、勃たないな」

「た、勃たないって……」

「いくら美しい女性が相手でも、まぐろのようじゃ興ざめだ」

不破さんは鼻で笑い、一気に彼をその気にさせるのは無理だとあきらめそうになる。

「……手伝おうっていう気持ちは？」

「ない。言っただろう？　試すと」

バッサリ切られて、ぐうの音も出ない。でも、そこまで言われたら、その気にさせたい。

彼をその気にさせるには……。

私は映画のワンシーンを思い出す。娼婦が身をくねらせながら服を脱ぎ、男性の膝に跨いで座り熱いキスをするシーンを。

パリの最後、情熱的な一夜を思い出にしたければ羞恥心を取り払わなければならないのだ。

私はベッドから離れ、立ったまま膝を折ってヒールのストラップをはずして脱ぐ。もう片方も同じようにして脱ぐと、ヒールを転がしたまま不破さんに近づく。

微《かす》かに口もとを緩ませているように見える彼は私を見つめたまま動かない。

私は怯まずに、不破さんの膝の上に跨いで座った。もちろん向き合った形で。

両手を上げて背中のファスナーを半分下げた。全部下げたらランジェリー姿をさらしてしまうからだ。

ファスナーから離れた指で、不破さんの唇の輪郭をなぞる。彼の目を見られず、形のいい唇を注視する。

指でなぞっているのに、彼はピクリともしない。私の心臓は今にも口から飛び出そうなのに。

あの娼婦はこの後なにをした……？

思い出せず、一か八かの心情で不破さんの頬を両手で囲み顔を寄せた。そして顔を傾けて唇を重ねた。今度はさっきのキスとは違わなければならない。

私は舌先で閉じられた唇をなめて、もともと少し開いていた隙間から彼の口腔内へ侵入させた。

もっと唇を開かせようと、角度を変えて歯列や上唇の裏をなぞり、指はドレスシャツのボタンをはずしていく。数個はずれたところで、鎖骨のあたりから手を入れて肌に触れた。不破さんは鍛えられたなめらかな肌で、ドキドキさせながら彼の胸に指を這わせると硬く盛り上がりのある胸筋の持ち主だった。

ドレスシャツの前をはだけさせ、舌を彼の口腔内へ忍ばせながら、指で彼の胸の先端部をなぞる。

それは不破さんの体の興奮度がわかるくらい尖《とが》りを見せていた。

「……これでも、その気にならない？」

不破さんをその気にさせようと躍起になっていた私の体は疼《うず》いている。こんな感覚は初めてだ。

きっと、お酒が入っているせいね。

「……そうだな。努力は認めよう。受け身なのは性に合わない。この綺麗な肌を味わいたくなった」

テストは終わったのだと思った刹那、彼の手が私のうしろに回り、ファスナーを一気に下げた。それと同時に、赤いレースがたっぷり施されたブラジャーに包まれた胸が露出する。

バレエを続けていたときはカップは小さかったが、やめて食生活が自由になってから成長していき、今ではブラジャーの上から膨らみを見せている。

ランジェリー姿をさらした私は思わず隠そうとして腕を動かしたが、まだ腕に入ったままの袖に邪魔された。

「綺麗な体だな。陶磁器のような白い肌にドレスと同じ真紅のランジェリーがエロティックだ」

不破さんは膝の上に座っていた私を抱き上げ、クルリと向きを変えてベッドに下ろした。

私を組み敷いた彼のドレスシャツははだけていて、ただ漏れの色気に圧倒される。

後頭部がシーツにつけられて、頭がグラグラ回っている感覚がわかった。

私、酔ってる……。そうじゃなければ、一夜だけの情事をするわけがない。

不破さんの顔がゆっくり落ちてきて唇を食むように口づけた後、下に移動して舌が鎖骨のあたりを這う。

「んっ……あっ……」

ぞくぞくと体の中を気持ちよさが走る。

ブラジャーのフックがはずされ膨らみが解放されたが、彼の手のひらに包み込まれ、頂《いただき》が指先で転がされる。ショーツのクロッチ部分からも指が入り込み、誰にも触れられたことのない場所がそっとなぞられた。

「ああっ……ん、や……」

「ここまでして嫌？　俺の目を見て」

霞《かすみ》がかかったようにぼうっとしてきた。不破さんの美麗な顔に焦点を合わせる。

「忘れられない一夜を過ごさせてやる。俺を買って後悔をされないようにな」

言い放った不破さんは私の片足を持ち上げ、太ももの内側へ舌を這わせ吸い上げる。

「……後悔なんて、しない」

不破さんのなめらかな肌に手をすべらせた。

彼を買うなんて突拍子もない考えだったけれど、完璧な男性と一夜を過ごすなんて人生の中のたった一度の冒険だ。

不破さんは宣言通り、あますところなくピンク色に染まる体に舌や指で愛撫する。初体験でも、彼の手技に快楽を覚え、大胆に振る舞う。お酒が入っていなかったらできないであろう自由奔放さ。

彼は私を淫らに翻弄していった。

体の芯が疼いている。全身が敏感で熱を持っているみたいで、眠りから現実に引き戻された。

重い瞼を開けた先に、うつ伏せで顔をこっちに向けて眠っている不破さんがいた。上半身裸で腰に布団がかけられた状態で。

彼の姿に一瞬体をビクッとさせてしまったが、昨夜の出来事が思い返され羞恥心に襲われる。

右手を額に置いた。

萌音、飲みすぎよ……。

カーテンの隙間から見える外はまだ暗い。

ベッドの時計へ視線を動かすと、六時四十五分だ。そこで私はハッとなる。

日本へ送る段ボールを午前中に業者が取りにくるんだった！

劇場から戻ってから少し残った荷物を詰めようと思っていた。

早く帰らないと。

静かにベッドから抜け出した。不破さんは熟睡しているようだ。私は散らばった下着やドレスをかき集めるとソファの方へ移動した。

急いで下着とドレスを身につけ、ヒールを履くと音を立てないようにもう一度ベッドの横に立った。

不破さんを起こしたい衝動に駆られたが、思い直す。

彼は私に買われただけ。一夜の情事を楽しんだだけだ。体を重ねて、不破さんに惹かれる想いは強いけれど、彼にとっては迷惑だろう。

眠っていても放たれているオーラを感じながら、不破さんの整った顔を一分ほど見つめてから踵を返す。

リビングのデスクにメモ用紙を見つけ、【Au revoir《オールボワール》】と別れの言葉を書き、ソファの上のハンドバッグとショールを手にスイートルームを後にした。

まだ暗い街を見ながら六区の自分のアパルトマンへタクシーで向かう。

車窓から外の景色を見ながら、なにも言わずに出てきたのを後悔していた。

アパルトマンの前にタクシーが止まった。

精算するためにハンドバッグを開けた私は目を疑う。

私が不破さんに渡したはずの封筒が入っていたのだ。

どうして……？

「マドモアゼル、早くしてください」

運転手の男性がうしろを振り返り、ぶっきらぼうに言う。

「あ、はい」

私はクレジットカードを渡し支払いを済ませると、タクシーから降りた。

頭がよく回らない。まだお酒に酔っている感覚だ。

不破さんはもとから買われる気なんてなかった。

アパルトマンの鍵を開けて、階段を上がりながら茫然と彼のことを考えていた。

もう一度会いたい。

そう思っても、日本へ送る荷物の集荷を待っていなければいけない。

私は肩を落として、玄関の鍵を開けた。

シャワーで不破さんとの情事の痕跡を洗い流していると、彼がどうやって私に触れたのかを思い出して手が止まる。

忘れなきゃ。残りの荷物を梱包しなくてはならない。

でも、忘れられない……。

段ボールの運び出しが終わったらもう一度ホテルに行こう。

シャワールームから出て急いで洗いざらしのシャツとジーンズに着替え、濡れた髪をざっとドライヤーで乾かしてから作業に移った。

早く集荷に来てほしい……。

私は祈るような気持ちで部屋の中を落ち着かなくウロウロしていた。

業者が来たのはしばらく経ってからで、すべての荷物をトラックに積み終えたのは十時過ぎだった。

業者を送り出し、ガランとした部屋にポツンとキャリーケースだけを残して、再び不破さんに会いにホテルへ向かった。


「……彼はチェックアウトしたんですか？」

ホテルのフロントの女性の言葉が信じられなくて、もう一度聞き返す。

フロントの女性はゆっくり同じ言葉を繰り返す。

「ムッシュ・フワはチェックアウトをされました」

ホテルへ戻れば不破さんに会えると思っていたのに、事実を知らされ愕然となった。

「彼の住所を教えてください」

ホテル側が彼の個人情報を教えてくれるわけはないのに、カウンターに手を置いて聞いていた。

「申し訳ございません。規則ですので教えられません」

きっぱりと言葉にしたフロントの女性はこれで終わりとばかりに、私のうしろに並んでいた男性の方へ顔を向けて対応を始めた。

頭の中が真っ白になり、とぼとぼとカウンターを離れて近くのソファに腰を下ろす。

不破さん……。

うつむき、両手で顔を覆う。

私はパリを離れる。ここにいても不破さんに会える確率なんてないけれど、日本へ戻っても偶然の再会なんてないだろう。

どうしてあのとき彼を起こさなかったのだろうと後悔していた。

ほんの数時間しか過ごせなかったが、不破さんに恋をしていたのだ。彼を好きになるにはほんの少しの時間があれば十分だった。

三、妊娠発覚で揺れる心

「萌音さん、総務から預かってきました」

パソコンで新作コレクションの企画書に詳細を打ち込んでいると、同僚の渡辺里加《わたなべりか》子《こ》さんから封筒を手渡される。

ひとつ年下の彼女は明るく、仕事でわからないことや情報を教えてくれる。

「ありがとう」

A4サイズの白い封筒の右下にはクリニックの名前が入っている。

「それ、健康診断の問診票かと。通常は四月から五月にかけてビレッジ内にある病院で社員は健康診断をするんです。ベリーヒルズビレッジ内にある会社はここで健康診断が受けられるようになっているんですよ。一般の人も受けられるけど、予約制でいつも混んでいるので遅くなっちゃったんですね」

ホテル並みのセキュリティとサービスがある総合病院は全室個室で、利用するのは富裕層ばかりだと彼女は付け足す。

帰国した三日後からヴォージュ日本支社の企画課で勤務が始まって二カ月が経ち、

十二月になっていた。

ヴォージュパリの日本支社は、東京の中心地にあるベリーヒルズビレッジといわれるラグジュアリーなオフィスビルに入っている。

オフィスビルは五十七階建てで、ビジネス関係のフロアは七階から四十八階まで。そこはオフィスゾーンと呼ばれ、不動産会社や弁護士事務所、有名な企業が入っている。わが社は三十階のワンフロアを借りている。

四十九階からの高層フロアはホテルや高級レストラン、VIP専用の会員制バーやラウンジ、最上階には展望台があり、ここの所有者専用のヘリポートまで常設されていた。

「明後日、木曜の九時からになっているわ。忙しいのに……」

「健康診断はお昼までで、超豪華な昼食が食べられますよ」

里加子さんは隣の席に着きながら、にっこり笑顔を浮かべる。

「ランチまで？」

「はい。とても評判がよくて。だから健康診断はみなさん協力的なんです。っていうか喜んで受けています。さてと、仕事しなきゃ」

ふふっと笑った里加子さんはパソコンに向き直った。

二十時を回り、二時間の残業をしてそろそろ退勤しようとデスクの上を片づけていると、同じく里加子さんも帰り支度をしているようだった。パーテーションで各部署が仕切られており、営業課と経理課以外の社員はあまりいない。

「里加子さん、ときどきヘリが飛んでいるのを見るけど、この上に着陸を？」

ちょうど立ち上がった彼女は窓へ視線を向ける。

「あ、そうですね。あれだけ近いので帝王のヘリかと」

ベリーヒルズビレッジの所有者を、誰もが〝帝王〟と呼んでいた。

里加子さんの情報によれば、帝王は旧財閥家の御曹司でとんでもないセレブ。一般人が目にする機会はほぼなく、社長クラスでなければ会えないらしい。

テナントの管理に関して帝王はかなりシビアで、オフィスゾーンに入っている会社が少しでも問題を起こしたり業績が悪かったりしたら問答無用で退去を通告されるという。ベリーヒルズビレッジにオフィスがあるというだけでどの会社にとってもかなりのステータスになり事業にプラスされるので、居続けられるようどこもピリピリしている。

「萌音さん、気がかりですか。企画書にあった新作コレクション発表の会場の件ですね？」

「そうなの。あそこなら素敵な発表の場になると思って企画を立てたんだけどね」

この窓の下に見える、ショップなどのテナントが入っている建物の屋上には日本庭園がある。冬だから植えられている樹木は寂しそうだけど、池やそこに架かる赤い欄干橋や近くにある日本家屋の茶室はなんでも腕ききの庭師が作ったらしい。

海外のＶＩＰを招いてしばしばお茶会が催されているそうだが、その庭園とすぐ下の階にあるコンベンションセンターを使用するには、ベリーヒルズビレッジの管理会社に申請をし、帝王の許可をもらわなくてはならない。

審査はとても厳しいようで、企画課の課長である北村《きたむら》さんは私の企画を『おもしろいしインパクトがある』と言ってくれたが、最後の砦を突破できるかはわからない。

新作コレクションの企画を詰めて、モデルや招待客の人数、そしてスタッフなどの詳細を申請書に添付して年内に提出する予定になっている。屋上庭園を会場にできれば会社にとってもブランド力を高められると、期待を背負ってしまったが、許可が下りなかった場合の代替えの会場なども探している。

「この企画は絶対にいいですよ。五月なら屋上庭園も緑が綺麗ですし、招待客が喜びます。がんばってくださいね。主任！」

「主任って言わないでって言ったでしょ。私の方がいろいろ教えてもらっているんだから」

「いえいえ。じゃあ帰りますか」

「ええ」

里加子さんに促されて、バッグを手にすると、私たちは入口横にあるコートかけへ歩を進めた。

ベリーヒルズビレッジ内はクリスマス仕様だ。ところどころに植えてある樹木にブルーのイルミネーションが施され、広場には大きなガラスのプレゼント箱が積み重なって、ピンクの照明でライトアップされている。一番上にいるのはサンタクロースに扮装したかわいいフォルムのクマだ。

パリのこの時期も素敵だが、ここも趣向を凝らしており楽しませてくれる。

もうすぐノエルか……。

去年は友人たちとドイツのミュンヘンまでドライブして、クリスマスマーケットでホットワインやウインナーを食べ歩き楽しんだのを思い出す。

駅へ向かう里加子さんと別れて、大通りから裏手の道へ向かう。寒くてマフラーを口もとまで上げて、この二カ月で慣れた道を行く。

私はベリーヒルズビレッジから徒歩十分のマンスリーマンションで暮らしていた。

１Ｋで狭いが、ほとんど寝るだけの住まいだし、普通のマンスリーマンションより少し高いぶん築浅で綺麗でなかなかいい。

現在はもう少し広い賃貸物件を物色中だ。

茶色の外壁の十階建てマンスリーマンションが見えてきたが、その手前にあるコンビニへ寄ってお弁当を買って帰宅した。

部屋は六階にある。このマンションでは通勤時に会社員風情の人は数人しか見ない。夜に派手な格好の女性や男性を見かけたことがあるので、六本木《ろっぽんぎ》という土地柄、水商売の人なのかもしれない。

黒のウエストで結ぶダウンコートを脱ぎ、急いでエアコンの暖房スイッチを入れ、洗面所で手洗いうがいをする。

小さな電気ポットでお湯を沸かしている間にお弁当を電子レンジに入れてスイッチを押す。お弁当は熱々が好きなので、いつもコンビニでは温めてもらわない。

カップの味噌汁を開けて沸いたお湯を入れ、電子レンジから温かいお弁当を取り出した。

室内にはシングルベッドと低いテーブル、ひとり用のシンプルな黒いソファがある。

そこに座り、低いテーブルで夕食を食べ始める。

ロースカツが入った幕の内弁当だ。おいしそうに見えたが、脂っぽくて食が進まない。最近、食べたいと思って口に入れると、喉を通らなくなるのだ。

少し熱っぽい気もする。

「そろそろ新生活の疲れが出始めたかな……」

テーブルにはファッション雑誌の上に写真が無造作に置いてあり、そこへ視線を向けてため息が漏れる。

帰国して立川《たちかわ》駅の近くにある実家に二日間泊まった際に、母から渡されたお見合い相手のスナップ写真で、オフィスで撮ったと思われるスーツ姿の生真面目そうな男性が写っている。

奈良哲也《ならてつや》さん、三十三歳。省庁に勤めている。真面目そうで見た目は悪くないが、奈良さんの写真を見ても不破さんを最初に見たときのように胸を高鳴らせることはなかった。

私に早く結婚してほしいと思っている両親は、相性は大事だから会ってみるだけでもいいと言っている。あまり無理強いをしないのは、私が日本に帰国して両親の気持ちにゆとりができたせいなのかもしれない。遠く離れた場所では思うように話が進まないからやきもきしていたのだろう。

奈良さんとは今週の土曜日にわが社のオフィスの上にある高級ホテルのラウンジで会う予定になっていた。

帰国から二カ月も経ち、奈良さんには待たせてしまった。

お弁当を端に寄せ、ソファの横に置いていたバッグから健康診断の問診票を出す。

健康診断といっても、半日かかる人間ドックだ。検査項目がたくさんある健診は初めてのことで、記入する箇所と注意点を読まなければならない。

明日の二十一時以降は食事をしてはいけないのね。

ひとりきりになると、不破さんを思い出してしまう。二カ月経っても、彼の姿、表情は鮮明に覚えている。

帰国してからネットで〝不破雪成〟を検索してみたが、まったくヒットしなかった。

あれほどの人だからなにか手がかりが掴めると思っていたのに……。

まだ彼に恋している私は、奈良さんと会っても惹かれないだろうし、将来の夫として考えられないだろう。

療養中の父と心配性な母を安心させるためだけに会ってみる。

気が乗らないけれど、もしかしたら話が合うかもしれないと自分を納得させていた。

木曜日、人間ドックのため、ベリーヒルズビレッジ内にある病院へ直行する。出社は午後からだ。

もちろん昨晩の二十一時以降は水しか飲んでいない。そのせいか、朝目を覚ましたときに吐き気をもよおした。

富裕層ばかりが利用するという外観は一見病院のように見えなかった。まるで高級ホテルみたいな建物で、自動ドアを抜けると、受付のある広々としたフロアだ。豪華さを抑えたシャンデリアに、座り心地がよさそうなソファ。クラシックの曲が静かに聞こえてくる。

受付へ歩を進め、バッグから問診票の入った封筒を出して、モデルさながら綺麗なピンク色のスーツを着た女性に提出した。

「伊藤萌音さまですね。この用紙もあちらのカウンターでご記入ください」

受付の女性に一枚の紙を渡され、示されたカウンターへ行きそこにあったボールペンを手にする。

それは肺などエックス線検査をする際の確認の用紙だ。

えーっと……現在、妊娠中もしくは授乳中ですか……？

〝妊娠〟の二文字を目にして、心臓が大きく跳ねた。

パリを発ってから月のものがきていないことに気づいたのだ。

もともと不順だったので、環境が変わって乱れているのだろうと軽く捉えていた。

でも、生理がこない理由をよくよく考えたらほかに心あたりがあった。パリで過ごした最後の夜……。

ドクドクと心臓音が激しい。

動揺しながらもほかの質問事項を記入していき、用紙を持って受付へ戻り手渡す。

受付の女性は最初の質問の〝はい・いいえ〟のどちらにも丸がされていないのを見て顔を上げる。

「こちらはわからないんですね？」

「はい。そうなんです」

「では、先に妊娠されているか検査をしましょう」

妊娠検査……わかった方がいい。

「お願いします」

不安がよぎるが、調べないわけにはいかない。

二時間後、病院を出てベリーヒルズビレッジから徒歩五分ほどのカフェに入り、ホットココアを前に働かない頭を必死に動かしている。

妊娠していた。すでに三カ月目で十一週に入っていたのだ。

病院でもらった妊娠ガイドブックの小冊子のページをめくり、妊娠の兆候を読むが、たしかに疲れや熱っぽさ、食欲減退もあった。でもそれらはストレスのせいだと思っていた。一番妊娠に気づきやすい悪阻《つわり》がなかったからだ。

あればもっと早くわかったはずなのに……。

腹部へそっと手を置く。

不破さんの子ども……。まだこの子をどうするなんて考えられない。

目の前のカップに手を伸ばしてからふっと笑う。私はすでにおなかの赤ちゃんのためにカフェインの入っていない飲み物を頼んでいた。

妊娠していたため検査できる項目が少なく、予定よりも早く人間ドックは終了した。

里加子さんから聞いていた豪華なランチコースはせっかく予約したけれどキャンセルしよう。でもなにか食べなきゃ。

立ち上がるとカウンターへ向かい、栄養のバランスのいいクラブハウスサンドを頼んだ。

カフェで時間をつぶし、予定通り十三時に会社に向かった。

オフィスビルへ足を踏み入れると、セキュリティゲート横に紺色の作業服とヘルメットをかぶった人たちが数人いた。彼らはゲート横に並ぶ受付の横の三階まで吹き抜けの壁を手で示しながら打ち合わせをしている。

なにか工事をするのかしら……？

セキュリティゲートを通り過ぎ、エレベーターホールに歩を進め、やって来たエレベーターに乗って三十階で降りる。

「ただいま戻りました」

企画課は部長を含め十人で数人は打ち合わせで席をはずしていたが、里加子さんはいて電話中だ。

私が席に着くと電話を終わらせた里加子さんが「おかえりなさい」と言ってくれる。

「豪華コースランチ、おいしかったですか？」

「ええ。とても」

どんな料理だったのかは答えられないから、テキパキとパソコンの電源を入れたり、引き出しからファイルを出したりして忙しいふりをする。

「萌音さん、冷めてますね。そっか～、パリっ子だったからフレンチなんて感動しないんですね」

里加子さんは茶化して笑う。

「パリに住んでいたからって毎日豪華なフレンチを食べていたわけじゃないわ」

手を止めて隣へ顔を向けて微笑む。

「萌音さんなら、豪華なフルコースをご馳走してくれるジェントルマン、じゃなくてムッシュがいそうなのに」

「そんな人いなかったわ」

ムッシュと言われてまたもや不破さんを思い出してしまい、胸がギュッと締めつけられた。

「あ、留守中の電話のメモがそこにありますから。あと、企画の件ですが毎回呼んでいる業者リストです」

「ありがとうございます」

私はメモ用紙とリストへ視線を向けて里加子さんにお礼を言い、受話器を手にした。

退勤時間になり、今日も里加子さんとロビー階へ下りる。今日は残業なしで、十八時過ぎだ。

まだ作業員たちは作業をしていた。見たことがないくらいの大きな垂れ幕のようなものが一番上の三階のところで巻かれてある。

私が振り返ってそこを見ていると、里加子さんも「あれはなんでしょうね？」と不思議そうだ。

「とても大きいわね」

「どんなのか楽しみですね。行きましょうか」

私たちは建物を出て、ブルーにライティングされた遊歩道を歩く。イルミネーションを観にきたらしい男女のカップルや女子たちがスマホで写真を撮っている。

退勤するたびに目にしている私たちは、ぶるっと震えがくるくらいの寒さをしのごうと早歩きで大通りに出て別れた。

夕食はどうしようかな……。

久しぶりにとろろ昆布の入ったうどんが食べたくなり、いつものコンビニに寄って、カップに入ったうどんととろろ昆布、フレンチドレッシングのサラダを買った。

今までの食欲がなかったのもどこへいったのか、ぺろりと食べ終わった。お昼にクラブハウスサンドを口にしただけだったせいなのか、それとも妊娠がわかったからか。

これからどうすればいいの……？

どこの誰なのかわからない人の子どもを妊娠した娘を両親は許してくれないだろう。

出産予定日は来年の六月下旬。

でも私は両親に勘当されても産みたい。ギリギリまで働いて産休と育休を取り、その間に保育園を探して、仕事に復帰すればシングルマザーとしてやっていけるはず。

両親が許してくれなかった場合、パリ本社に転勤願いを出して戻れたら向こうの方が子育てしやすいかもしれない。学生時代からパリに住んでいたせいで日本に親しい友人はいないが、向こうにはたくさんいる。

そう考えると気持ちが楽になってきて、産む気持ちが強くなった。

まだ平らなおなかに手をあてる。

ママが絶対に守るからね。

四、偶然の再会

金曜日の午後、私は取引先の会社へ訪問するためロビーへ下りた。朝には昨日の垂れ幕はオープンになっていなかったが、今は堂々と開かれている。

チラッと目にしただけで先を急ぎ数歩歩きかけた瞬間、ハッとなって振り返った。

あれは……。

戻って垂れ幕の前まで行く。大きすぎるので垂れ幕からはかなり離れているが、それでも仰ぎ見なくてはならないほどの大きさだ。

不破さんとあの夜に観たバレエの舞台。ロミオがジュリエットを持ち上げているシーンが布にプリントされていたのだ。まるで巨大な絵画のよう。下の方に公演日と劇場が書かれている。

日本で公演をするのね。

あの劇場でのことがよみがえり懐かしさが込み上げる。

なんて偶然なの……。

釘づけになって動けないでいる私の耳に、男性のフランス語の会話が聞こえてきた。

スーツを着た集団が少し離れたところに立つ。

「素晴らしいですね。ここまでしていただき、ムッシュ・フワのこの公演に対する熱意が伝わってきてありがたいですな」

ムッシュ・フワ……？

鼓動がドクッと大きく打つと同時に、ビクッと肩をはねらせて声の持ち主の方へ顔を向けた。

男性が五人ほどおり、老齢の大柄なシルバーブロンドの男性の隣に、もう二度と会えないと思っていた不破さんがいたのだ。

彼は大柄な男性にも引けを取らず記憶にある通りの高身長で、姿を見た瞬間、雷に打たれたような衝撃が全身に走った。

端整な顔立ちに、あのときと同じように高級スーツを身にまとった不破さんは堂々としている。

間違いない。不破さんだ。

呼吸を忘れるほど驚いた私は足もとでドサッと音がして我に返った。肩から提げていたバッグが床に落ちた音だった。

それと同時に、シルバーブロンドの男性と話をしていた不破さんがこちらへ視線を向けた。

咄嗟にうつむきしゃがんでバッグを拾っていると、目の前にピカピカの革靴が立つ。

心臓はドクドクと暴れ始め、顔を上げられない。

バッグを抱えるようにして立ち上がったが、うつむいたまま背を向け歩き出す。

どんな顔で、どんな話をすればいいのかわからなかったのだ。

あれほどもう一度会いたいと思っていたのに。

「萌音？」

ゾクッとするような甘い低音が背後から追ってくる。

震える足で振り返り、不破さんの目から視線をはずして頭を下げると踵を返して出入口へ向かう。

今は突然の再会でなにを言えばいいのか考えられない。

泣きそうになりながら、バッグを抱えて不破さんから遠ざかる。

もう少しで出入口というところで、腕を掴まれて行く手を阻まれた。

腕を掴んだのは不破さんだった。

「なぜ逃げる？」

フランス語で鋭く聞かれ、仕方なく顔を上げた。

「行きずりの相手と会って気まずかったんです」

不破さんの黒い瞳を見つめフランス語で答える。

「俺は会いたかった」

えっ……？

彼の言葉に耳を疑ったとき、こちらに近づく男性が目に入った。

「雪成さま、会議のお時間が」

不破さんがその男性へと顔を向けたとき、私は彼から離れて大きなガラスドアから外へ出た。

小走りで逃げるようにしてクリスマスのオブジェに隠れる。オフィスビルの方へ顔を向けられなかった。

こんなことが起こるなんて……。

あそこで不破さんに出会って衝撃を受けた。うれしいけれど、どうしていいのかわからない気持ちに襲われている。

今は不破さんと冷静に話をするのは無理だった。周りに人もいたし。もう二度と会えないと思っていた人とばったり出くわして、頭の中が真っ白だったから。

その場で気持ちを落ち着けてから、そこを離れる。

一度、オフィスビルの方へ目を向けたが、不破さんらしき人は見あたらなかった。

土曜日の朝、倦怠感を覚えながらベッドからノロノロと出て洗面所へ行き、鏡に映る自分に顔をしかめる。

ひどい顔。

不破さんについて考えて眠れず、寝返りばかり打っていた。眠ったのは明け方で、現在の時刻は十一時だ。

寝不足のせいか悪阻のような症状もあって、胃に不快感を覚えている。

昨夜はベッドに入っても不破さんのことが頭から離れなかった。彼があのバレエ団を呼んだ主催者なのかもしれないことや、男性から〝雪成さま〟と呼ばれていたのはなぜなのか、そしておなかにいる赤ちゃんの話をすべきかどうか。

不破さんがバレエ公演の主催者だとしたら連絡先が見つかりそうで、気持ちを固めたら彼を捜す結論に至った。赤ちゃんの話をするつもりはない。不破さんの左手の薬指にマリッジリングはなかったけれど、既婚者かもしれないし、そうじゃないとしてもたった一夜の情事で妊娠したなんてどう思うかわからないから。

『会いたかった』と言ってくれても、私に好意を抱いていると勘違いしてはダメ。

今日は十五時からお見合いの相手、奈良さんと会う約束になっている。

お風呂に入って冴えない顔をどうにかしゃんとさせなきゃ。

待ち合わせ場所は高級ホテルのラウンジだ。きちんとした服装で行きたい。

ボトルネックの黒のニットワンピースは、スカート部分が大きめのヒダでボリュームがあり膝下までの長さがある。

通勤には派手なので帰国してからは着ていなかった真紅のカシミアケープコートを羽織り、待ち合わせ場所に向かった。

奈良さんに会った上で断るのは気が重いが、久しぶりにおしゃれして出かけられるのはうれしい。

十四時にマンスリーマンションを出たため、待ち合わせ時間までまだ早い。私は一度も足を踏み入れていないテナントゾーンのショップをぶらぶら見ることにした。

ここは日本の古きよき文化を全世界に発信する施設らしい。

呉服店や宝飾店、和菓子店など、どれも高級な店しかない。

パリの有名なマカロンの店や、パティシエの名前が店名になったショコラが売られている店舗もある。

どこも高級店が連なっていたが、休日の午後なのでイルミネーションを見物しようと来ているのか、スイーツ店やラグジュアリーなカフェにはたくさんの人がいる。

このテナントゾーンの上の階には高級寿司屋や日本の名だたる懐石料理店、フレンチやイタリアンなどのレストラン、ギリシャ料理の店もあった。

マカロンの店はパリで頻繁に通っていた。懐かしくなって帰りに寄ろうと考えながら、テナントゾーンを出てオフィスビルのホテルへ直接行ける入口へ歩を進めた。


「伊藤といいます。待ち合わせをしているのですが」

ラウンジの入口に立つホテルスタッフに「お連れさまはいらしております」と言われ案内される。

窓際のソファ席に近づくと、そこに座っていた紺のスーツを着た男性が立ち上がる。

写真で見ていたので、すぐに奈良さんだとわかった。

私は頭を軽く下げてからコートを脱ぐ。

「伊藤萌音さんですね。あまりにも美しくて驚きました」

いきなり褒め言葉が奈良さんの口から出て、困惑しながら口を開く。

「はじめまして。伊藤萌音です」

「座りましょう」

写真で見た堅実そうで真面目な印象は変わらない。

私はソファに腰を下ろし、コートとバッグを隣に置く。

「さすがパリ帰りの洗練された方ですね。あ、なにか注文しましょう」

「ルイボスティーをお願いします」

「ケーキはいかがですか？」

私は首を左右に振る。

「ありがとうございます。遅い昼食を食べておなかは空いていないんです」

奈良さんは軽く手をあげて近くにいたスタッフを呼び、コーヒーとルイボスティーを頼む。

「あの、奈良さん。お話があります」

スタッフが去るのを待って切り出す。

奈良さんから私に対しての好意的な感じが見受けられ、見合い話が進まないように先に話したかった。

「なん……でしょうか？」

彼は緊張した面持ちで尋ねる。

「このお見合いはなかったことにしてください」

「会ったばかりで唐突ですね。私があなたのお眼鏡にかなわなかったのでしょうか？」

「そうではないです。わざわざこの場を設けてくださり本当に心苦しいのですが、好きな人がいるんです」

「好きな人……」

奈良さんは「ふぅ～」と肩を落とす。

「その好きな人とお付き合いされているのですか？　見合いを勧めるということは、ご両親はお相手を知らないんですね？　紹介できないような男性なのでしょうか」

「交際はしていません。パリで知り合った人なんです」

妊娠していることは伝えられないが、ある程度説明をしなければ奈良さんに申し訳ないと思った。

「パリで……。では、向こうの人？」

「いいえ。日本の方です」

そこで飲み物が運ばれてきて、奈良さんに勧められてひと口飲んだ。

「……わかりました。素敵な女性だったので喜んだのですが、私に希望は持てそうもない」

納得してくれてホッと安堵する。

「本当にすみません。お電話でお断りをすればよかったのですが……」

「いいえ。このお話を聞く前まで、ドキドキしたり、心配だったり、学生の頃のような高揚する気分を味わえました。なかなか入ることのない高級ホテルのラウンジにも来られましたし。いい経験にしますよ」

そう言ってもらえてよかったが、奈良さんが理解ある優しい人だったので申し訳ない気持ちでいっぱいになった。

私たちは三十分くらいあたり障りのない話をして、スタッフに会計を頼む。伝票ホルダーをもらおうとする私に奈良さんが横から手を伸ばすが、先に受け取る。

「奈良さん、ここは私に支払わせてください。せめてもの謝罪のつもりで」

「……わかりました。それではお言葉に甘えさせていただきます」

ここで彼に支払わせたら罪悪感にさいなまれるので、笑顔で「はい」と言って先に帰ってもらった。

彼を見送った私はもう一度ソファに座り直し、まだいるスタッフにクレジットカードを手渡そうとしたが、突然隣から手が伸びて阻まれる。

その人物を仰ぎ見て驚き、思わず立ち上がった。

不破さんだった。彼は私を見ずに、スタッフの男性に「俺に回しておいてくれ」と言った。

「ちょっと待ってください。払ってもらう義理はありません。自分で払います」

クレジットカードを男性スタッフに渡そうとするが、彼はお辞儀をして去っていった。

『俺に回しておいてくれ』って、ここでは〝俺〟で通用するような人なの……？

現に男性スタッフは私よりも不破さんの言葉に従った。

不破さんは何者？

「たかがそれっぽっちに目くじらを立てるなよ。あの男は？」

「……お見合いの相手です」

「見合いをしなくてもモテるだろう？」

私は頭を左右に振って口を開く。

「帰国したら見合いをしてほしいと両親に」

「なるほど。だが、あの男は君には似合わない。それよりも萌音、昨日はよくも逃げたな」

「逃げていません。用事があったんです」

こうして話をしているだけなのに、奈良さんには感じなかったときめきを覚える。

不破さんはひとりではなく、少し距離を置いたうしろに男女が立っている。

私が視線をそちらに向けると、女性が近づいてきた。

「雪成さま、お時間が」

細身のグレーのジャージー素材のワンピースを着て、同じ色のコートを手にした上品そうな女性だ。

「十分ぐらい待たせておけ」

「それはできません。定刻通りにフライトしませんと」

はっきりと口にした女性に、不破さんは苦虫を嚙みつぶしたような表情になる。

彼は胸ポケットから焦げ茶色の皮の名刺入れケースを取り出し、一枚を私に渡す。

「出張なんだ。明日、電話をくれないか」

私の手に強引に名刺を持たせる。

「今は時間がない。連絡を待っている」

そう言って、不破さんは私のもとから足早に去っていった。

〝フライト〟って言ってたっけ。彼は忙しいビジネスマンなのね。

持たされた名刺へ視線を落とすと、プライベートの名刺のようで不破さんの名前とスマホの番号が書かれているだけだった。

どういうつもりで連絡しろって言ってるの……？

困惑して少し考えてから名刺をバッグにしまいケープコートを羽織り、席を離れようとしたとき、窓からヘリコプターが見え、小さくなっていった。

また帝王のヘリ？

ベリーヒルズビレッジの所有者は多忙らしい。それが仕事なのかプライベートなのかは皆目見当がつかないが。

翌日の日曜日、不破さんの名刺を穴があきそうなくらい見つめ時間が過ぎていく。

手もとにはスマホが置いてある。

連絡してと言われても……。

そのとき、スマホが光り着信を知らせ、肩をはねらせる。

母だった。昨日のお見合いの件だろう。

タップして電話に出た。

「もしもし」

『萌音、お父さんが倒れたの！』

第一声が母の悲痛な声で、私の心臓が嫌な音を立てた。

「落ち着いて。倒れたって、今はどこにいるの？」

母は立川駅からバスで十分ほどの病院の名前と検査中だと話す。

「すぐ行くわ！」

電話を切って、通勤に使っているコートとバッグを手に部屋を出た。

大通りに出てタクシーを拾うと、一路病院へ向かった。


一時間半後、立川駅から少し離れた病院に到着し、時間外入口を抜けた先の受付で父の病室を教えてもらう。

内科病棟にいるようだ。病院の案内板を見て、父の病室へ歩を進めた。

五〇一号室はふたり部屋で、入口のネームプレートで父の名前を確認してからそっとドアを開けた。

「お母さん」

母はベッドの横の椅子に座っていた。父は眠っている。

「萌音」

「お父さんの具合は……？」

「急に痛み出したみたいで。今は薬で痛みを抑えているわ。明日から検査をするの。座って」

立ち上がった母は隅にあった丸椅子を自分の隣に置いて勧める。

倒れたと聞いてここに向かっている間は生きた心地はしなかったが、今の母の説明で胸をなで下ろした。

眠る父の顔色を確認してから、丸椅子に座った。

「びっくりした……検査結果がひどいことになっていないといいのだけど……」

「ええ。驚かせてごめんなさいね。気が動転しちゃって」

「ううん。いつでも連絡して」

大事に至らなく、母も安堵している様子だ。しばらく父の病気の話をしていると、気分が落ち着いたようで、母は思い出したように口を開く。

「そうだわ。昨日お見合いだったわね？　奈良さんは感じよかった？　話は進んだのかしら？　次に会うのはいつ？」

矢継ぎ早に聞いてくるので口を挟めない。

「お母さん、ごめんなさい。もう会わないの。お互い趣味や価値観が合わなくて」

「まあ、そうだったの？　萌音に合うと思ったのに……でもそれなら仕方がないわね。

息をつく。

母はがっかりしたようだが、前向きに次の人を考えているのを知り、心の中でため息をつく。

「今仕事が忙しいからまだいいわ」

「忙しくてもお休みはあるでしょう?」

母の最大の関心事は私をお見合いさせることのようだ。

「早く私たちを安心させてちょうだいね。でも、日本にいてくれるのがなによりもうれしいのよ。向こうでひとり暮らしをしているあなたが心配だったの」

「友人もたくさんいるし、心配なんて必要なかったわ」

ふと、不破さんを思い出す。娘が一夜限りの出会ったばかりの男と寝たなんて母が知ったら、卒倒するに違いない。

母の心配はそういったことも含んでいると推測している。

「とにかく今は忙しいから。お父さんもどのくらいの期間の入院になるかわからないでしょう。落ち着いたらにしようよ」

「今はお父さんを一番に考えないとダメね」

母も納得してくれたようで、私もうなずいた。

その後、父が目覚め、疲れないように三十分ほど話をしてから母と病室を後にした。もう十八時を回っていた。

駅前もクリスマスの飾りなどで賑やかだった。母と目に留まったお蕎麦屋に入り、夕食を食べてから電車に乗ってマンスリーマンションへ戻った。

帰宅したのは二十一時過ぎで、冷えた体を熱い湯船で温める。腰がだるく、おなかの赤ちゃんに無理をさせてしまっただろうかと気にしながらお風呂から上がった。

冷えないようにパジャマを着て、その上からカーディガンを羽織る。

ようやく落ち着き、ベッドの端に座る。そこで目に留まったのは不破さんの名刺だった。

電話……。

でも今日は疲れすぎてすぐに寝たい。明日は仕事だし……。

不破さんと話をしたい気持ちはあっても父が心配で気持ちが落ち着かず、電話をする気分ではない。

いつもはもっと遅くに寝るが、今日はベッドに吸い寄せられるように横になる。室内の電気を消して、布団の中へ入り目を閉じた。

翌朝、出社してパソコンを立ち上げている私のもとへ北島課長がやって来た。

「おはようございます」

「伊藤さん、おはよう。君に招待状なんだが」

北島課長の顔が驚いているみたいに見える。

「招待状ですか？」

高級な紙質のクリーム色の封筒を渡してくれる。受け取って差出人を確認してみると、〝ベリーヒルズビレッジホールディングス〟とあった。

「これは……」

「中身を見ていないからわからないが、たった今持ってきた男性が招待状をすぐに見てほしいと言っていた」

なぜ私宛にベリーヒルズビレッジを所有する会社から招待状が来るのか見当がつかないまま、レターオープナーを手にして開けてみた。

そこに書かれてあったのは、本日行われるパーティーへ招待するという内容だった。

「北島課長、今日十二時よりテナント屋上の日本庭園でパーティーが行われるそうで……」

「日本庭園で？」

北島課長は窓に近づき見下ろす。

「パーティーの準備をしている。そうだ、金曜に申請書を出したからじゃないか？　下見がてら招待したとか？」

「そうですね……申請を出しているので行かないのも印象が悪いと思いますから、行ってきます」

「わー。萌音さん、いいなぁ。招待とかツテがないとなかなかあそこには入れないですもん」

「いつも上から見ているだけだからな。伊藤さん、視察してきてくれ」

「はい。わかりました」

北島課長が自分の席に戻り、私は自分の着ているツーピースを見下ろす。どんなパーティーなのかわからないが、紺とシルバーのツイードのツーピースなら問題ないだろう。視察して、ＯＫが出れば写真も撮らせてもらおう。使用許可が下りればの話だけれど。

バッグに招待状を入れて窓から日本庭園を眺める。ウエイターやシェフコートを着た従業員や華やかな服を着た男女がいた。

なんのパーティーなのだろう……。

「萌音さん、行ってらっしゃい！」

キーボードを打つ手を止めた里加子さんが手を振る。

「行ってきます」

パリではパーティーは頻繁にあり、初対面の相手や知らない場所へ赴くのにも慣れていたのでとくに緊張はしない。

私はオフィスを出て、テナントゾーンを目指した。

テナントの最上階専用のエレベーターの前では、高級な毛皮を纏った女性とひと目で高級だとわかるスーツを着た二組が待っていた。一組は日本人のようで、もう一組の男性の方はオフィスロビーのエントランスホールで不破さんと一緒にいた人だった。

二組とも私の両親くらいの年齢に見受けられる。

華やかに着飾ったこの人たちはパーティーの招待客のようだが、ふとこのパーティーに不破さんも呼ばれているのではないかと脳裏をよぎった。

エレベーターが開くと彼らは乗り込み、その中のひとりの男性がレディファーストのごとく、私に振り返り先に入るように促す。

「ありがとうございます」

お礼を言って豪華な箱に歩を進め、最後に男性が入り最上階を押した。

最上階に到着しエレベーターが開くと、そこは別世界のようで、都会のど真ん中にこんなに素敵な空間があるとは信じられないくらいの庭園だった。

上から見下ろしたのとはまた違って雅《みやび》な世界だ。

日本各地の紅葉はすでに終わっているが、管理が行き届き紅葉の具合さえも調整しているのか点在するもみじが赤くなっている。

本当に素晴らしい日本庭園だ。

観賞は楽しいけれど外は寒く、コートを着てくればよかったと後悔する。

そこへ男性が私に近づいてきた。

「伊藤萌音さまですね」

見覚えのある顔にハッとなる。

一昨日《おととい》、ホテルのラウンジで不破さんと一緒に去っていった人だ。ということは……不破さんもこの場所にいる？

「そうです。あ、招待状を」

バッグから出そうとする私に、彼は手で制す。

「必要ありません。こちらにいらしてくださいますか」

当惑する私をよそに、三十代前半くらいに見える彼は歩き出した。突っ立っていても仕方がない。ここを借りるには印象をよくしなければ。

私は颯爽と歩く彼の後についていく。

通り過ぎる招待客はシャンパングラスを手に談笑している。

ここが屋上庭園だとは思えないほど広々としていた。彼は五、六人が会話をしているところで立ち止まる。

私はその中でひときわ目立つ不破さんに釘づけになった。今日の彼は黒いスーツの上に上質な膝下までのコートを着ていて、真紅のネクタイが華やかさを添えている。

やっぱり不破さんもここに……。でも、どうして私が来るのがわかったの？

不破さんはすぐに私に気づき、口もとに笑みを浮かべ優雅な足取りで近づいてきた。

「萌音」

またしても不破さんの形のいい唇から私の名前がすんなり出て、心臓が暴れ始める。

案内してくれた男性は私たちに会釈をして去っていった。

「不破さん。私、この主催会社の担当者と会わなくてはならないんです」

「君は俺から逃げてばかりだな」

「……逃げてなんて」

私はここに仕事をしに来たのだから、不破さんと話している場合ではない。

「いや、逃げている。パリのホテルでも、ビルのエントランスでも。昨日、俺は君からの電話を待っていた」

〝パリのホテル〟と口にされ、私はビクッと肩をはねらせて辺りへ視線を向ける。私たちの周り、半径五メートル以内には人はいなくて胸をなで下ろす。

「昨日はわけがあったんです。すみません」

パリの件は無視して、待っていたという不破さんに謝る。

「なにか飲もう。昼食もまだだろう？」

不破さんはドリンクを提供するために会場を歩いている男性スタッフを呼び止める。

「赤ワインが好きだっただろう？　ブルゴーニュ産の赤ワインを揃《そろ》えている」

「い、今は勤務中なのでオレンジジュースをいただきます」

揃えている……？　不破さんはベリーヒルズビレッジの関係者？

男性スタッフからオレンジジュースを受け取り、気まずさからひと口飲んだ。しかし飲んだのがいけなかった。冷たい飲み物が体に入り、さらに寒くなってしまった。

「萌音？　震えているじゃないか！」

オレンジジュースを取り上げた不破さんは自分が着ていたコートを脱ぎ、私にかけようとする。

「だ、大丈夫です。責任者にお会いしたら社に戻りますから」

おなかの赤ちゃんに冷えは大敵だ。気になりながらも遠慮する。

「ダメだ。風邪をひく」

不破さんは強引に私の肩に羽織らせ、前のボタンをはめる。

「茶室の横に応接室がある。温まろう」

有無を言わせず不破さんは応接室に私を連れていった。その前に私を案内した男性となにか話をして。

引き戸の向こうはモダンなソファのある応接室で、とても暖かい。ホッとしてため息が漏れた。

コートを脱ごうとする私に不破さんは「まだ着ていた方がいい」と言って三人掛けのソファに座らせる。

彼は斜め前にあるひとり掛け用のソファに腰を下ろし、長い脚を組む。

「パリでなぜ声をかけずに去ったんだ？」

「……娼婦みたいなことをして、恥ずかしかったからです。酔っていたとはいえ、あんな提案をした自分が信じられなくて羞恥心に襲われたんです」

「俺がどんなに後悔したか、わからないだろう？」

後悔……。不破さんは私と寝たのを後悔しているんだ。

「あのときは本当に申し訳ありませんでした」

これですべて終わらせよう。今まで不破さんが連絡するように言っていたのは、この件を言いたかったからなのだ。『俺と君は寝たが、それだけだ』と。

瞳が潤んでくるのがわかり、下唇をキュッと噛んだ。

「謝ってほしいんじゃない。いや、なにも言わずに去ったことに対しては謝罪を受け入れよう。時差ボケで深く寝てしまった自分を責めたんだ」

「お金がバッグに戻されていました」

「俺は萌音に買われたわけじゃないからな。自分の意思で君を抱いた。だから、目が覚めたとき君がいなくなっていてどんなに喪失感に襲われたか、君にはわからないだろうな」

不破さんは、私がいなくてがっかりしたと言っているの？

「私はその日の夜に日本へ帰国する予定でした。荷物を業者が午前中に取りに来る予定になっていて、急いで帰ったんです」

「あの日に？」

私は不破さんに会いたくてタクシーで向かったときの気持ちを思い出した。

「終わってすぐ不破さんに会いに向かいました。でもすでにチェックアウトされたと」

「戻った……」

不破さんは切れ長の目を大きくさせた。

私、なんでこんな話をしているんだろう。ビジネスのために来たのだから、仕事をしなければ。ベリヒルのオーナーを探そう。

すっくと立ち上がり、不破さんの暖かいコートを脱ぐ。

「不破さん、今は話していられません。仕事が。コート、ありがとうございました」

コートを手渡そうとすると彼も立ち上がった。そして不破さんの手が伸びる。しかしコートではなく私の手首を掴んだかと思ったら、私は彼の方へ引き寄せられていた。

腕がうしろに回って、ギュッと抱きしめられる。

「萌音が万が一戻ってきてくれることを期待して名刺にメッセージを残し、フロントに預けたんだが、どうやら見ていないようだな。あのホテルのフロント係は満足のいく仕事ができないようだ」

「連絡先を……？」

「ああ。俺は君をあきらめきれなかった。あのまま終わらせることなんてできなかった」

不破さんに抱きしめられ、もっと触れてほしいと強く思った。

「萌音、君をよく知りたい。そして俺を知ってほしい」

あなたの赤ちゃんがいると知ったら彼はどんな反応をするだろう。

今、彼は私をよく知りたいと言った。知って幻滅して離れていったら……？

そう考えると、うなずけない。

「萌音？」

「私……仕事が」

わざと袖をずらし腕時計へ目を向ける。ここへ来て三十分が経っていた。

「萌音を呼んだのは俺だ」

「えっ……？」

私を離した不破さんはスーツの内ポケットから名刺入れを出して、一枚私に渡す。

今度の名刺には会社名と肩書があった。私はそれを見てあぜんとした。

「ベリーヒルズビレッジホールディングスのＣＥＯ……。ふ、不破さんが……」

彼は、旧財閥家の御曹司でベリーヒルズビレッジの所有者、つまり〝帝王〟だったのだ。

土曜日、不破さんが去った後すぐにヘリが飛んでいった。あれに彼が乗っていたんだ。ときどき見かけるヘリにもきっと。あのヘリポートは帝王しか使用できないと里加子さんが話していたのを思い出した。

「君はヴォージュパリに勤めていたんだな。金曜日、使用許可申請書に記載されていた萌音の名前を見て驚いたよ」

すでに不破さんのところまで書類が回っていたのには驚いた。

「ヴォージュパリ本社にいました。申請を許可していただけないでしょうか？」

「萌音の頼みなら聞き入れたいところだが」

「だが……？」

ダメなの……？

私は不破さんの次の言葉を、固唾をのんで見守る。

「俺は君に逃げられないように必死になっている。そんな男がなにを考えているかわかるか？」

「……わかりません」

そう言うと、不破さんは「クッ」と喉の奥で笑う。

「俺の空いている時間は一緒に過ごしてほしい」

「えっ」

私はギョッとなって彼を見つめる。

了承すれば許可を？

「俺のスケジュールは調整済みだ。年始まで日本にいる。そうは言っても、日本にいる間も仕事は詰まっていて毎日は会えないが」

「不破さん……」

まだ私が抱えていたコートを彼は取り上げると椅子に放り、再び抱きしめてくる。

不破さんの吐息が額にかかり、そっと唇を押しあてられた。

「契約を盾に君を縛りたい。いいかい？」

私は返事ができないでいた。彼の提案はパリのときのように情熱的な一夜を過ごすのが前提だろう。

でも、妊娠しているのだ。断らなければならない。

「私――んっ」

口を開いた瞬間、不破さんは顔を傾けて唇を塞いだ。パリの夜に熱くキスをされたときのように。

不破さんのキスは嫌じゃない。それどころかもっとのめり込むように受け入れる。

キスだけで、全身が敏感になって疼く。熱を持った唇が離されたとき、私の息は上がっていた。

「萌音。明日の夜、食事をしよう。本当は一日も待てないところだが、今日は遅くまで予定が入っている」

不破さんの指が頬をそっとなで、もう一度私の唇をついばむようにキスをした。

契約を盾に……。明日、会ってここを使えるようになんとか説得しよう。

「わかりました。明日の夜」

「土曜日に会ったホテルのラウンジで十九時に待っている」

不破さんに言われてスマホの連絡先を交換する。

彼は約束の印というように、私の前髪を指で優しく払ってから口づけた。

彼が私から少し離れたタイミングで、ドアが外から叩かれた。

「雪成さま、ムッシュ・モーリスが会いたいとおっしゃっています」

「時間のようだ」

きびきびした男性の声に、不破さんは肩をすくめる。

「では私も社へ戻ります」

「ランチがまだだろう？　このまま帰せない。ここで待っていてくれ。運ばせるから」

彼は私をソファに座らせ引き戸に近づく。

外にいる声の主に、私に食事を持ってくるように言っているのが聞こえる。指示を出してから不破さんが戻ってきた。鮮やかなすみれ色のコートを腕にかけている。フードと手首にファーがついている華麗なコートだ。

「プレゼントだ。下で見繕ってもらった。帰りはこれを着るように。パリジェンヌに似合うコートをと言ったんだが、なかなかいい選択だ」

「いただくわけには……」

「俺と会ってくれるんだろう？　明日はこれを着てきて見せてほしい。薄着のままで風邪をひかせたくないんだ。食事が済んだら庭園を回ってから帰るといい。じゃあ」

不破さんは私の隣のソファの背にコートをかけると応接室を出ていった。

上質で素敵なカシミヤコートのおかげで寒さに震えずに済み、庭園を見てから社に戻った。コートを入口にかけてから企画課へ戻る。

時刻は十三時三十分で、両手をあげて伸びをしてあくびを噛み殺す里加子さんが「おかえりなさい、どうでした？」と出迎えてくれる。

「ただいま。すごい世界だったわ」

椅子に座り、帰り際に持たされたショッパーバッグを里加子さんに渡す。

「これ、テナントに入っているめっちゃ高いショコラじゃないですか！　いいんですか？」

「ええ。あげる。食べてね」

笑みを浮かべてからパソコンに向き直り、メールチェックをする。

何皿にも取り分けて運ばれてきたランチを食べてから庭園をぶらぶらしたが、そこにいる招待客全員がセレブだった。

毛皮から覗《のぞ》く首もとや指には大きな宝石が光っていた。

パリでパーティーに出席することもあり、富豪と呼ばれる人たちを見てきたから想像がつくが、ここの招待客のほとんどは石ひとつでウン千万もの指輪をつけていた。

日本にもこんな世界があったのかとびっくりだった。

招待客に驚きながら庭園を散策する間も、男性と談話している不破さんへとつい視線を走らせてしまっていた。

やはり立っているだけで放つオーラが違っているように見える。不破さんから少し離れたところに、私を案内した男性と何度も見かける若い女性が控えていた。

動きや発言からして、ふたりは不破さんの秘書のようだった。

「お料理はどうでした？　庭園は？」

里加子さんの好奇心はまだ収まらず、聞いてくる。

男性が給仕スタッフとともに運んできた料理はフレンチと日本料理で、もちろん申し分なかった。

「とてもおいしかったわ。招待客はセレブばかりで」

「なんのパーティーだったんですか？　管理担当者には会えました？」

「バレエ団の公演を主催する記念パーティーだった。エントランスに大きな垂れ幕があるでしょう？　管理者には会ったわ。審査にはもう少しかかるみたい」

私は不破さんの願いを叶えられない。食事だけで済むとは思わない。この件は私事と別に考えてもらわなきゃ。

「許可されるといいのですが」

「ええ。私のイメージとばっちりだったから。あ、大事なメールが来ていたわ。返事書いちゃうわね」

話を切り上げ、メールの返事を打ち始めた。

五、急展開の始まり

翌朝、目が覚めた瞬間吐き気に襲われ、急いでベッドから出る。

これが悪阻……？

初めて本格的な吐き気をもよおし、トイレに駆け込んだ。

なんとか少し治まりホッとして、洗面を済ませて出勤の支度を始める。

あまり華やかな服だとオフィスにふさわしくない。かといって、マンスリーマンションに住む今は、三着のスーツと二着のワンピースで着まわしている。あとは実家に預かってもらっていた。

カシュクール風のグレーのワンピースに、紺のスーツのジャケットにしよう。食事のときはジャケットを脱げばきっちり感はなくなるだろう。

仕事重視で服を決めたはずなのに、出社すると里加子さんに『今日の萌音さん、なんだか雰囲気が違いますね』と言われてしまった。

来る途中で買ってきたホットココアとサンドイッチをさっそく食べ始める。

「あれ？　そういえば最近コーヒーじゃないんですね」

ホットココアの匂いに里加子さんは鼻をきかせて、首をかしげる。転勤してから妊娠が発覚するまでコーヒーしか飲んでいなかったので、里加子さんは不思議そうだ。

「寒くなるとホットココアが飲みたくなるのよね」

「朝は糖分入れるといいって言いますしね。今日は十時から会議ですね。私の企画書の意見交換なので、緊張します」

「大丈夫よ。いい企画だと思ったわ」

里加子さんは苦笑いを浮かべて首を左右に振る。

「課長は萌音さんみたいに優しくないので」

「自信を持って。時間をかけたんだしね。さてと、仕事しましょう」

ホットココアをひと口飲み、パソコンの電源を入れた。


仕事をしていても、今夜の不破さんとの約束を思い出すたびに心臓が跳ね返るようにドキドキしていた。

待ち合わせの十分前、オフィスを出てエレベーターで一度ロビーまで下りてからホテルの入口へ進み、もう一度上昇する箱に乗り込んだ。

普段緊張しない私でも、不破さんと会うせいか、おなかが張ったような重苦しい感覚があった。

頻繁にではないが、ほんの少しチクリと刺すような痛みもある。

そこで四十九階に停止して観音扉のドアが開いた。

廊下を進みラウンジへ行くと、入口近くで黒いスーツを着た男性と話をしている不破さんが目に入った。彼も私に気づき、口もとを緩ませて近づいてくる。

「おつかれ。仕事は問題なかったか?」

「はい」

これから日本庭園を使わせてもらえるように私事を抜きにして話さなければならないので、表情が硬くなる。

「行こうか。五十四階のレストランに予約を入れている」

ベリーヒルズビレッジの最高級のレストランのディナーは、ハワイへ飛べるくらいの値段だと噂で耳にしている。

不破さんは私の背に手を置き、再びエレベーターへ誘導して五十四階へ向かった。

テナントゾーンにも高級なレストランがあるが、五十四階は会員制となっているようで、エレベーターが開いた瞬間から最高級のサービスが始まっていた。

「雪成さま、本日はありがとうございます」

黒いスーツの三十代後半に見える男性が姿勢正しく腰を折る。

「今日は特別な女性を連れてきた。料理を楽しみにしている。それからオーダーしたワインは？」

「もちろん取り寄せてございます」

不破さんと男性の話に、私の心臓がドクッと跳ねた。

今の私、ワインは飲めないのに、わざわざ取り寄せてもらったなんて……。

困惑しているうちに男性に案内され個室に入った。そこは二十畳ほどの広いスペースの窓際に四人掛けのテーブルが用意されていた。

一面の窓からは宝石箱をひっくり返したような夜景が見える。とくに十二月のこの時期は綺麗なのだろう。東京のシンボルのタワーも望める。初めての高層階だ。

不破さんからプレゼントされたコートのボタンをはずしていると、節のある男らしい手によって脱がされる。

「あの、コートありがとうございました」

「よく似合っている。昨日、庭園を歩いていた萌音が気になって、気を逸らされた。先方に何度か聞き返してしまったよ」

「そんなふうには見えませんでした」

有能な不破さんは常に落ち着いた表情で、談話していたように見受けられた。

「萌音も俺を気にしてくれていたのか？」

「……それは、帝王と呼ばれる方なので」

私の答えが気にいらなかったのか、顔をしかめた不破さんはドアの横で控えていたスタッフに私と自分のコートを渡す。

スタッフが出ていった。

「日本で出会ってからの君は別人のようだな。俺たちは一夜を情熱的に過ごしただろう？　そんなに他人行儀になる必要はないんじゃないか？」

「あのときは不破さんの立場を知りませんでしたから」

「ここで俺が帝王と呼ばれていることで萌音をわずらわせている？」

「……私とは立場の違う人です」

「俺にはそんなのは関係ない。座ろう」

不破さんは椅子を引いて私に腰を下ろさせた。着席できて安堵した。やはり腹部の痛みは引いてはくれず、おなかの赤ちゃんが心配になってくる。

そこへスタッフがワインを運んできた。

ワインを飲めない理由を必死に探している間に、赤褐色の液体がグラスに注がれる。

不破さんが自ら選んだ赤ワインなので、あえてテイスティングはしないようだ。

「乾杯しよう」

不破さんはグラスを少し掲げた。私もグラスを持って小さく乾杯の動きをするが、彼のように口に持っていけない。

「どうした？　飲まないのか？」

「……せっかく選んでいただいたのに、少し気分が悪くて」

「気分が？」

不破さんは一大事とばかりに席を立ち、私のところへ来る。まるで本当の恋人のように心配する姿に、戸惑いを覚えながら申し訳なくなる。

「それほどではないのですが、今日はお酒をやめておこうかと。すみません。せっかくのワインを……」

「顔色が悪いのに気づかなかった。すまない。昨日の寒さで風邪をひいたのかもしれない」

謝罪を紡ぐ私の額に不破さんは手のひらを置いた。

「熱はなさそうだが……」

「大丈夫です。不破さんは飲んでくださいね」

「温かい飲み物を運んでもらおう。なにがいい？」

「では、ハーブティーを」

「わかった」

前菜を運んできたスタッフに、不破さんはハーブティーを頼んでくれた。

「食べよう。食欲はある？」

あまり心配されると、罪悪感にさいなまれる。

「はい。おいしそうです。いただきます」

前菜は長ネギとホワイトアスパラガスのオランデーズソースとニンジンとクリームの濃厚なスープだ。

生ものなど妊婦の食べられないものではなくホッとして、ナイフとフォークを手にした。

食事が進む中、仕事の話をしなければと口を開く。

「不破さん、日本庭園の使用許可は下りますか？」

「なんだ。仕事の話か」

あきれたような口調だけど、嫌そうではない。

「気になってしまって。昨日食事をしてから散策させていただきましたが、本当に素敵な庭園だと思います。新作コレクションの発表をあそこでできれば話題性にもつながるかと」

「わかった。萌音の頼みなら叶えよう。担当者から連絡を入れるように指示をしておく」

すぐには返事をもらえないと思っていた私は拍子抜けした。しかし、許可が下りて安堵した。そのせいか気が抜けたようで、おなかの痛みが激しくなったみたいだ。冷や汗が出てきた。

まさか、赤ちゃんになにか起こってるの？

〝流産〟が頭をよぎり泣きそうになった。

病院へ行かなくちゃ。

痛みに恐怖を覚え、ふらふらと椅子から立ち上がった。

「ごめんなさい。私、帰らなくては……」

そう言うのが精いっぱいで、痛みをこらえながら出口へ向かおうとした。

「萌音？　突然どうしたんだ？」

椅子を引く音が聞こえたので、不破さんが立ったのだとわかったが、今はちゃんとした説明ができない。

「萌音！」

うしろから腕を掴まれたが、ひどい目眩《めまい》に襲われてその場に倒れ込みそうになった。

私は倒れるのを免れ、不破さんの腕の中にいた。

「不破、さん……助けて、病院へ行かな、きゃ」

「いったいどうしたんだ！」

「赤ちゃんが……」

そう言うのが精いっぱいで、不破さんの顔は見られなかった。

「赤ちゃん？」

怪訝そうな声が朦朧とする頭に入ってきたが、次の瞬間体が浮いた。彼に抱き上げられたのだ。

「今連れていく」

おなかが痛くて朦朧としているけれど、意識を失うほどじゃなく、不破さんが誰かに病院へ連絡するように伝えているのが聞こえた。

不破さんは私を抱き上げたまま、数秒でも無駄にしないよう機敏に動き、ベリーヒルズビレッジ内の病院へ運んでくれた。

レストランの担当者から連絡がいったおかげで、救急の入口に医師と看護師がストレッチャーを用意して待っていたが、のせるよりこのままの方が早いと、不破さんは診察室まで私を離さなかった。

診断の結果、切迫流産で絶対安静を言い渡された。先ほどより痛みは治まり、私は女医の新谷《あらたに》先生の診断内容に診察台の上で息をのんだ。

不破さんは外に出ている。

「絶対安静は……どのくらいでしょうか？」

眠りに引き込まれそうになる頭を働かせて尋ねる。

「とりあえず一週間の入院で様子をみましょう。今は体を休めることが先決ですよ。病室を整えるまでこちらで休んでいてください」

新谷先生が椅子から立ち上がり、カーテンの向こうへいなくなった。

その後すぐ眠りに引き込まれ、目が覚めたのは豪華な病室のベッドの上だった。

ハッとして頭を動かした先に、不破さんがベッドそばの椅子に座っていて目と目が合う。

今何時？　どのくらい寝ていたの？

「気分は？　まだ痛みはある？」

不破さんの問いかけに、首を左右に振る。

「今何時ですか？」

「十一時を回ったところだ」

三時間くらい寝ていたようだ。その間、ずっとそばにいてくれたの？

「連れてきてくださりありがとうございました。もうお帰り――」

「俺の子を妊娠しているのに、ずいぶんと他人行儀だな」

「あ、あなたの子どもでは……」

私の否定で、彼は口もとをゆがめる。

「妊娠三カ月だと聞いた。萌音が俺と愛し合った前後にほかの男としていないのなら、おなかの赤ちゃんは俺の子だ」

「実は恋人がいた――」

「君はバージンだった。ゴムは使ったが、俺たちは濃厚な熱い時間を過ごしたんだ。間違って妊娠したとしても納得できる」

不破さんの言葉は私が予想していたものと違っていた。信じてくれないと思っていたのだ。

今までだって、彼のような立場の人ならば、妊娠を盾に結婚を迫られるのを懸念するだろう。だから女性を信じなさそうな人だと、勝手に思っていた。

「萌音、認めろよ。ひとりで抱える話じゃないだろう？」

「……不破さんの子どもです。妊娠がわかったのは、先週の木曜日にこの病院で人間ドックを受けたときでした」

「再会したときに話してくれればよかったんだ」

私は枕に頭をつけたまま、首を横に振る。

「そんな突拍子もないこと言えません。信じてくれないと思いましたし……」

「萌音、結婚しよう」

「えっ？」

耳を疑い、不破さんを見つめる。

「結婚しようと言ったんだ」

「妊娠したからといって、結婚する必要はないです」

愛のない結婚をした夫婦が性格の不一致、物の価値観の違いなどから結局は別れる話もある。

なんといっても私たちはたった一度だけの夜を過ごし、会った回数は片手でも足りるほどに少ない。

「まさかシングルマザーで生きていくと？」

「今はそう考えています。先々はわかりませんが」

「シングルマザーでは生活が大変になるだろう。この先子どもを預けて仕事をしなくてはならない。それならば楽な方を取るべきじゃないのか？　子どものためにも」

彼は椅子からすっくと立ち上がった。

「不破さん……」

「入院中に考えるんだ。赤ちゃんにとっての一番を。明日の朝に必要な物を用意する。赤ちゃんのためによく寝るように。用事があればそこのブザーを押して。ひとりで歩き回らないようにと医師が言っていた。じゃあ」

不破さんは私の頬に指先で触れて病室を出ていった。

ひとりになると、部屋のすごさに驚嘆する。

ここはカーテンの仕切りなどない個室で、まるで五つ星のホテルのような仕様だ。すごい病院……。里加子さんが話していた通り、セレブしか利用できなそう。一週間も入院したら金額はどのくらいになるのか……想像したら恐ろしい。けれど貯金はあるし、今は赤ちゃんを第一に考えないと。

流産したかもしれないと思ったら、生きた心地がしなかった。どこか他人事のような感覚だったが、今は必ず産んでしっかり育てて幸せだと言ってもらえるようにしたいと思っている。

不破さんは赤ちゃんが自分の子どもだと信じて疑わなかった。責任を取って結婚をしようとまで言ってくれている。それは彼にとって迷惑じゃないのだろうか？

ますます惹かれていく……。けれど、彼の愛がなければ……。私も惹かれているけど彼に愛してもらえないのは悲しすぎるし……。

室内を見回しながら考えを巡らせていたら、ふいにベッドサイドにあるヨーロピアン家具のテーブルに置かれている私のバッグが目に入った。

バッグからスマホを出して確認してみるも、連絡などは入っていない。

明日、会社へ連絡を入れなければ。

そこへノックがあり、薄いピンク色のナース服を着た看護師が食事を運んできてくれた。

「お食事を中断したとお聞きしました」

「ありがとうございます」

「動くときはゆっくりお願いしますね」

看護師はベッドの上にテーブルをセッティングして、食事ののったトレイを置いて出ていった。メニューはこんな時間にもかかわらず、トマトリゾットやポテトサラダ、メロンとヨーグルトまであり豪華だった。

不破さんも食事が途中だった……。

なにか食べてくれているといいと思いながら、トマトリゾットを口にした。

翌朝、七時前。昨晩の看護師が検温と血圧を測りに現れた。

「おはようございます」

そう言って、きびきびとカーテンを開けてからベッドまで戻ってくる。

「よく眠れましたか？　痛みは？」

血圧を測り終えた看護師に尋ねられ、「眠れました。痛みは少しあります」と答える。実のところ、不破さんのプロポーズを考えていたらなかなか眠れなかった。

「後ほど先生が来ますので、安静にしていてください」

「はい。あ、ベッドを少し起こしても大丈夫ですか？」

「ええ。私が動かしますね」

電動のスイッチを操作し、上体が少し上がった。

「ありがとうございます」

看護師が出ていくと、窓から外を眺める。曇天の寒々しい天気だ。それもそのはずで、二週間ほどで今年も終わる。お正月を日本で過ごすのは大学の頃に戻ったきりだ。

その前にノエル……。

不破さんのプロポーズの返事はまだ決めかねている。子どものことを考えたら、受けるのが一番だと思う。私は不破さんに出会った頃より惹かれている。彼の姿を見るたびに胸の高鳴りを抑えられない。けれど、不破さんは……？　責任感からのプロポーズでは嫌なのだ。彼も私に惹かれて、愛してくれなければ。

ぼんやりと窓からベリーヒルズビレッジの庭園屋上のある建物の方を見ていた私は、ノックの音にハッとなり顔を向けた。

不破さんが大量の荷物を持って入ってくる。

「おはよう。よく眠れた？」

「不破さん……その荷物は……？」

「入院に必要なものだ」

彼は窓際のソファの上にたくさんのショッパーバッグを置くと、中の物を出し始める。

部屋着やランジェリー、洗面用具、メイク道具など、ほかにもタオル類をソファの上に無造作に置いていく。それらはどれも新品で、マンスリーマンションの部屋に置いてある物よりも多いのではないかと思われるほどだ。

「不破さん、一週間の入院には多いかと……」

それにまだ朝の七時を回ったところ。なぜこんなに商品が揃えられたのか不思議だ。

「多いに越したことはない」

「あの、まだお店はオープンしていないのに、どうして？」

「そんなのはどうにでもなる。とにかく、今は安静にしていなければならないんだ。まだ必要な物が出てくるかもしれない。いつでも連絡してくれ」

さすが帝王。欲しいものは電話一本で手に入るのだろう。

ソファの上にすべての物を出したところで、私へと向き直る。

「これから沖縄《おきなわ》へ出張だが夜には戻ってくる」

「沖縄へ……行ってらっしゃいませ」

「必要なものがあれば看護師に頼むといい」

「はい。わかりました」

堅苦しい返事の私に、不破さんは端整な顔で麗しく微笑み、両手をこちらへ伸ばす。伸ばされた手のひらが私の頬にそっと触れる。

「まだ俺のプロポーズの返事はいいものではないようだが、ちゃんと眠らなければいけない。考えるのは起きているときで」

「眠れなかったのがわかるくらいひどい顔をしていますか？」

「いや、君はあの夜のジュリエットのように気高く美しい」

思ってもみなかったすごい褒めように、言葉を失い、ポカンと口を開けた。

「実は俺も眠れなかった。家族が増える喜びに興奮しているようだ」

「……移動中は休んでくださいね」

「ああ。時間だ。じゃあ、行ってくる」

不破さんは腕時計で時間を確認して、病室を出ていった。

家族が増える喜びに興奮している。そう言った不破さんはうれしそうだった。

本当に喜んでくれているの……？


ホテルのような朝食を済ませて八時半になると、北島課長へ電話を入れた。体調不良で入院した旨を伝える。

北島課長は私の入院に驚き、急ぎの仕事はないのでゆっくり休んでくれと言ってくれた。

電話を切って、ホッと息をつく。

突然の入院にいろいろ聞かれるのではないかと思ったが、深く尋ねられずによかった。この病院にいるのも伝えなかった。

連絡を済ませ、バッグからタブレットを出す。ここに独自に集めたヴォージュパリのデータや商品、モニターなどの声がある。

それらを開きながら、屋上庭園で開くコレクションの詳細を考える。横になりながらタブレットを持っているのに疲れて、休憩しているうちにウトウトして、目を覚ましたのはお昼ご飯を運ばれてきたときだった。

お昼ご飯も豪華で、ただ寝ているだけなのにしっかり食べられてしまう。

ここにいる間に体重が増えそう。

悪阻はあのときだけで、赤ちゃんのために体が悲鳴をあげていたのかもしれない。

どんよりとした天気で眠りに誘われる。

枕に頭をつけたところでサイドテーブルの上のスマホから着信音が鳴った。

開いてみると不破さんからのメッセージで、青空と美しい海の写真で、上から撮られたような景色だ。

ヘリから……？

沖縄へはパリへ住むまでの間に何度か行ったが、ここの海の色は私が見たときよりもエメラルドグリーンで綺麗だった。

そんなことを考えているところへ、再び不破さんからメッセージが入った。

【来年は萌音と赤ちゃんにも綺麗な海を見せてあげたい】

不破さん……。

そのメッセージを読んで、胸に熱いものが込み上げてくる。

ずっと悩んでいたのに、美しい写真とメッセージで呆気なく答えが出た。

……愛されなくても不破さんと一緒にいたい。


その夜、昼間沖縄にいた不破さんは二十一時過ぎに病室へ現れた。またたくさんの荷物を持っている。

「おかえりなさい」

彼の顔を見たら自然と笑みが出る。

「ただいま。看護師から痛みが治まったと聞いたよ」

「はい。痛みは感じなくなりました」

「よかった」

微笑みながら不破さんはベッドに近づき、私の額にキスを落とす。

「どうしてキスをするんですか？」

「君にキスをせずにはいられないからだ」

彼の気持ちを引き出そうと聞いてみたが、答えは得られない。

「新鮮なフルーツを買ってきた。レストランで切ってもらったから食べやすいはずだ」

目の前で保存容器が開けられる。仕切られた中にパイナップル、パパイヤ、マンゴーが食べやすい大きさにカットされている。

「マンゴーは妊婦に必要な葉酸が含まれていていいようだ」

「どこでそんな知識を？」

妊婦の私でも知らなかったので、驚きながら聞くと不破さんは笑う。

「調べればすぐにわかる」

フォークで刺したマンゴーを私の口もとへ持ってくる。恥ずかしくてフォークを受け取ろうとする私を不破さんは許さず、首を左右に振る。

「いいから食べて」

私は頬に熱が集まるのを感じながら、ひと口サイズにカットされたマンゴーをパクッと口の中へ入れた。

新鮮なマンゴーの果汁が口の中に広がり、とてもおいしい。ゆっくり咀嚼してから、不破さんにも勧める。

「おいしいです。不破さんも召し上がってください」

「よかった」

彼もマンゴーを食べ、私にも次々と残りのフルーツを差し出す。

パイナップルも今まで食べたものよりも甘く、パパイヤもおいしい。

「写真、ありがとうございました。沖縄はお天気がよかったんですね」

「ああ。こっちに戻ってきて、寒さに震えたよ」

今の彼は朝出かけたときのスーツではなく、クリーム色のニットにジーンズ姿だ。自宅に戻って着替えてきたのだろう。そういえば、噂では帝王の住まいはオフィスビルの隣にあるレジデンスの最上階だと聞いたことがある。

それはあくまでも噂なので本当のところはわからない。

不破さんは、ソファに置いたコートのポケットから四角いリボンのついた小さな箱を持って戻ってきた。

「案内された店で萌音に似合いそうなサンゴのピアスを見つけたんだ。もらってくれるだろう？」

「不破さん……」

手のひらに落とされた箱へと視線を落としてから、もう一度彼を見る。

「おもちゃみたいなもんだ。邪魔にならないデザインを選んだ。開けて」

私は赤いリボンをほどき、箱を開けた。

オーバル型のピンクサンゴとアクアマリンの大小連なるピアスだった。サンゴとアクアマリンは三月生まれの私の誕生石でもあった。

私の誕生日を知っているはずがないのに、これは偶然……？

「ありがとうございます。とても素敵です」

彼にとってはおもちゃみたいなものなのだろうけれど、私にとっては高価な宝石でひと足早いクリスマスプレゼントをもらったような気分だ。

「つけてみていいですか？」

「もちろん」

サイドテーブルの上に置いたメイクポーチからファンデーションのコンパクトを開ける。

「俺が持とう」

不破さんは長い指でコンパクトを持ち、私がピアスを装着しやすいように角度を調整してくれる。

ピアスをつけている私は彼の視線を感じて、急に意識しだして恥ずかしくなった。

「あまり……見ないでください」

「どうして？」

不破さんは口もとを緩ませながら聞いてくる。私の様子がわかっているのだ。

「どうしてって……そんなふうにジッと見られるのに慣れていないからです」

「クッ、こんなに美しいんだ。いつだって男はこういう目で君を見ているさ」

「こ、こういう目って……？」

ピアスをつけ終わったが、不破さんの言葉で素敵なプレゼントに集中できない。

「君の唇に触れたいと思っている目だ」

妖しく笑みを浮かべる不破さんは椅子から立ち上がり、私の肩をそっと押す。背中がシーツにあたった。

不破さんの顔が落ちてきて、ドキドキと高鳴る胸のせいで震える上唇をついばみ、そして下唇を食む。優しく、甘いキスにのめり込みそうになる。

「ずっとこうしたかった。だが、君は病人なのだから自重しなければ」

彼は離れると、今のキスにぼうっとしている私に微笑む。

「……不破さん」

体を起こそうとすると、即座に手を貸してくれる。

「どうした？　あらたまって」

「私と結婚するということは、禁欲生活を送らなくてはならないです」

「だろうな。出産までは気をつけなければならないし、生まれてからもすぐには君に触れられない」

「だから、私と結婚しても――」

「ちょっと待て」

先ほどまで口もとを緩ませていた不破さんは、眉根を寄せて言葉を遮る。

「俺は君とセックスしたいがためにプロポーズをしているんじゃない。赤ちゃんは俺の子どもだ。萌音は母親で俺は父親。家族になりたいんだ。それに、あちこちに女がいるように思っているみたいだが、萌音を抱いて以来誰ともセックスしていない」

不破さんは気持ちをさらけ出してくれたけれど、私をどう思っているのかは口にしていない。がっかりしたが、彼は体を重ねたからといって愛を抱かない人なのかもしれない。それでも不破さんに惹かれる気持ちは変わらない。

「……あなたと結婚します」

「本当に？」

不破さんの涼しげな目が大きくなる。

「はい。両親に早く結婚してほしいと言われていますし、なによりも赤ちゃんのことを一番に考えて」

「わかった。退院したら俺のところに住んで。まだ働くつもりなんだろう？　オフィスビルに近いから通勤が楽だ。ところで君の住まいは？」

「ここから歩いて十分ほどのマンスリーマンションを借りています。落ち着いたら引っ越すつもりでとりあえず住んでいました」

「鍵を貸してくれないか。人をやって荷物を運ばせる」

私は首を横に振る。指示に慣れている人の言葉だ。

「それは嫌です」

「では、退院後、体調を見て荷物を運ぼう」

気を悪くした様子もなく、不破さんはうなずいてくれた。

「不破さん、住まいはオフィスに近いって先ほど言いましたが、噂通りなのですか？」

「噂？」

彼は片方の眉を上げた。

「はい。ベリーヒルズビレッジの所有者である帝王はレジデンスの最上階に住んでいると」

「その通りだ。レジデンスの最上階、ワンフロアが俺の住まいになっている。オフィスビルは隣だから近いだろう？」

「……ですね」

噂は本当だったのだ。

「もう二十三時か。帰るよ。今夜はよく眠れそうだ。萌音もしっかり眠るように。赤ちゃんのためにもな」

「はい。おやすみなさい」

「おやすみ」

不破さんは私の唇にキスを落とすと、部屋の電気を消して出ていった。

六、初恋の相手

決断をしたせいか、その晩はしっかり眠れ、すっきりした気分で目覚めた。悪阻もなく、まだ腹部は平らで、本当に赤ちゃんがいるのか不思議な感じがする。

昨朝のように看護師が入室し、血圧と体温を測る。そこへ新谷先生が姿を見せた。

「痛みが治まったようで安心ですね」

「はい。あの、先生。悪阻がないので無事に育っているのか心配なのですが」

「悪阻は個人差があるので、ないからといって心配はいらないわ。あ、今日は午前中にエコーが入っているわね」

新谷先生はタブレットで確認して、にっこり笑う。

「痛みが治まったからって、まだ安静にしていてくださいね。大事な赤ちゃんを絶対に救うようにと、あなたを運んできたとき不破さまは必死でした。昨晩も、看護師に少しでもなにかあれば連絡をしてほしいと言ったそうです」

不破さんは私よりも赤ちゃんが大事……。

新谷先生の言葉で不破さんの気持ちがわかり、落ち込みそうになる。

「では、後で看護師が来ますので」

「ありがとうございました」

新谷先生と看護師をベッドの上から見送って、目を閉じる。

不破さんの気持ちに気づいていたけれど、彼の心に私がいないのは寂しいな。


午前中のエコー検査では、赤ちゃんの心音やちゃんと動いているのを確認できて安堵した。退院は二十四日のクリスマスイブ。予定通り一週間の入院でよかった。

検査が終わり病室へ戻ると、窓辺に近づき外を見る。

今日も天気はどんよりと雲が多くて、外を歩く人々は寒そうだ。

不破さんに退院日を知らせておこう。

サイドテーブルに近づきスマホを開く。

あ、不破さんから……。

彼からメッセージが入っており、これから急遽台湾《たいわん》へ出張になり、帰国は二十四日の夜になるとのことだった。

退院日まで出張……。

数日間だが、不破さんの顔が見られないのは寂しい。でもこれからも彼の出張は頻繁にあるだろうし、気にしないようにしなきゃ。

私は退院が二十四日になった旨を書いて送った。すぐに不破さんからの返信が来る。

【夜に戻れるから、それまで病室にいるように。病院には連絡しておく】

先に退院してマンスリーマンションの部屋を片づけておきたいのに……。

でも、不破さんが用意したものが病室にたくさんあって、ひとりでは持って帰れない。彼が来るまで待つしかなさそうだ。

こんなになにもしないで過ごすなんて初めてで、時間が経つのが亀のようにのろい。

夕方、私宛の急ぎのメッセージが入っていないか、里加子さんのスマホへ電話をかける。

『萌音さん！　大丈夫ですか？』

電話に出た途端、里加子さんの心配そうな声が聞こえてくる。

「ええ。よくなってきたわ。迷惑かけてしまってごめんなさい」

『迷惑なんて全然ですよ。お大事にしてくださいね』

「ありがとう。私宛の用件はあるかしら？」

『えっと、ちょっと待ってくださいね』

里加子さんは私のデスクの上のメッセージを五件ほど読み上げてくれ、急ぎではない案件だと確認して通話を切った。

就寝前、スマホが鳴った。不破さんだった。沈んでいた気持ちが画面に出た彼の名前で浮上する。

「もしもし」

『すまない。寝ていたか？』

「いいえ。これから寝ようかと思っていたところでした。不破さん、お仕事は？」

電話をかけてきてくれたのがうれしくて声が弾む。

『たった今終わり、ホテルへ向かう車の中だ。体調は問題ない？』

「はい。すっかり痛みもなく、あ、午前中にエコー検査を。順調だそうです」

『それはよかった。退院許可が出たからといって無理をしないように』

まるで医師のような言い方に、思わずクスッと笑いが出た。

『なにがおかしい？』

「新谷先生みたいだったので」

『これから出産までの間、君が無理をしないようにするのが俺の役目だ』

不破さんの声も楽しそうに聞こえる。

「もうあんな思いをするのはこりごりなので、気をつけます」

『じゃあ、ゆっくり休んで』

「はい。おやすみなさい」

不破さんは『おやすみ』と言って、通話を切った。

こうして忙しいのに電話をかけてきてくれるのだから、案外幸せな結婚生活が送れるかもしれない。


退院の前日、看護師がショッパーバッグを抱えて現れた。

「明日着るようにと、不破さまから渡すように頼まれました」

「あ、ありがとうございます」

倒れたときに着ていた服があるので必要はなかったのにと、ショッパーバッグを受け取る。

「伊藤さんがうらやましいです。優しくてイケメンでお金持ちの恋人で。甘やかされていますね」

「私もそう思います」

多忙なのに気が回る不破さんに、本当に愛されていたのなら、有頂天になるほど幸せだろう。

看護師が出ていくとショッパーバッグに入っている服を取り出す。暖かそうなニット素材のAラインワンピースだった。上品な赤色で、私たちが初めて会ったパリで着ていたドレスを思い起こさせる。

明日はクリスマスイブだから、これを身につければ華やかな気分になりそうだ。


翌日、昼食を済ませ昨日贈られた真紅のニットワンピースに着替え、荷物の整理をしていると、ドアが叩かれた。

「どうぞ」

看護師かと思い、荷物から顔をドアの方に向けて驚く。

「あなたは……」

ドアのところに立つ人は、不破さんの女性秘書だった。コートを腕にかけた彼女は窓際のソファにいる私のところへきびきびとした足取りで近づいてくる。そして驚いたのは、私が今着ているワンピースと同じものを着ていたのだ。

「雪成さまの第二秘書の高山《たかやま》です」

第一印象通り、今もつんとした話し方だ。彼女はなぜ同じワンピースを着ているのか。表情からも敵意のようなものを感じる。

「もしかして不破さんが迎えに来られなくなったのでしょうか？」

第二秘書が来る理由はそれしか思いつかない。

「雪成さまの本心を伝えに参りました」

本心……？

私は微かに首をかしげ彼女を見つめる。

「……なんでしょうか？」

「おなかの子どもは本当に雪成さまの子でしょうか？」

「なにを言って――」

「雪成さまは成り行きでこの病院へ連れてきて、手厚い看護を受けられるようにしましたが、おなかの子どもは自分の子なのか疑っておられます」

高山さんは淡々と口にする。

不破さんが疑っている……？

彼女の言葉は寝耳に水で、頭を殴られたようにショックを受けた。

「プロポーズをしたのは、世間体のため。あなたはそれでも雪成さまと結婚できますか？」

「……彼は、赤ちゃんのことを考えてくれています」

私に愛はないが、赤ちゃんは大事にしてくれていると信じたい。

そう言うと、高山さんは笑いを止められないかのように噴き出す。

「尻軽なのに、純真なんですね」

「私が尻軽？」

「ええ。パリで出会ったと聞きました。雪成さまのお金を貪りに日本へのうのうと追っかけてくるなんて、驚くべき行動だわ」

どうしてこの人に私はひどいことを言われなくてはならないの？

そう思うけれど、どうやらパリで出会った経緯を知っている彼女は事情通のようだ。

不破さんがこの人に話したの……？

そうでなければ知るはずはない。でも、彼の第二秘書で身近にいる人。なんらかの会話で知りうる機会もあるはず。不破さんを信じたいという気持ちが、私の心の中で必死に彼を擁護しようとしていた。

それでも、高山さんの信じられない話に、ショックと苛立ちで気が遠くなりそうだ。

「……あなたの用件は？」

「雪成さまのもとから去った方がいいわ。自分の子だと信じていないのだから」

「誰が信じていないんだ？」

突然、男性の声がその場に響き、高山さんの肩が大きくはねた。

不破さんだった。入ってきたのにも気づかないほど、私たちはボルテージが上がっていたようだ。

スーツの上に黒いカシミヤコートを羽織った彼は、ポケットに手を入れたまま颯爽とこちらへ近づいてくる。

「高山、誰の許可を得てここにいる？」

不破さんは高山さんに鋭い視線を向ける。

静かだけど、その声色は怖いくらい鋭利な刃物のように尖っていた。

「雪成さま、この女はお金目あてだと暴露しました。雪成さまの子ではないと」

「嘘を言わないで！」

彼女に向かって声を荒らげた私の腕を不破さんが掴む。

「萌音、座るんだ。興奮したら赤ちゃんが驚くぞ」

ソファに強引に座らされ、私は不破さんと高山さんを見上げる。

「雪成さま、私はあなたさまがこの女に騙《だま》されるのを黙って見ていられないのです」

「俺が萌音に選んだ服をなぜ君が着ている？」

冷たい声色に高山さんが怯む。

「ふしだらな彼女が着飾っても似合わないと見せつけるためです」

「ふしだら？　君はとんでもない勘違いをしているようだな。決して萌音はそんな女ではない。俺は彼女を信じているし、この服が似合うのは萌音だ」

「騙されているのです。目を覚ましてください。雪成さまにふさわしい女性はこの人ではないです」

「出ていけ。第二秘書も解雇する」

「雪成さま！」

高山さんは驚いたが、私も突然で言葉を失う。

不破さんはポケットからスマホを取り出し、どこかへ電話をかける。

「私が行きすぎた行為をしたのなら謝ります。ですがどうか解雇だけは！」

すがるような目で不破さんに申し立てるが、彼は黙ったままだ。

そこへ現れたのは不破さんの第一秘書の男性だった。高山さんの姿に驚いた様子だ。

「高山は解雇した。社に送り荷物整理をさせろ」

「かしこまりました」

「雪成さま！　この女に騙されてはいけません！」

高山さんはうしろ髪を引かれるように振り返りながら、男性秘書に腕を掴まれて病室を出ていった。

ドアがぴったり閉まると、不破さんはソファの荷物をずらして隣に座った。

「高山がすまない。踏み込みすぎたようだ。途中からしか聞いていないが、なにを言われた？」

「驚きました。彼女は不破さんが子どもの父親だと疑っていると。パリで出会ったのも知っていたので、真実味が増してきて……」

ふいに不破さんの手が膝に置いた私の手を包み込む。彼の手の温かさにホッとし、暴れていた鼓動が静まってくる。

「疑ってなどいない。パリで出会ったと彼女が知っているのは、ただ単に聞かれたからそう答えただけだ。結婚したいと言ったのは子どもができたからではない」

「えっ……？」

淡い期待に胸が弾んでくる。

不破さんは右手だけをはずし、私の髪から頬をそっとなでる。

「伊藤萌音、俺は小学生の頃から君を知っている。俺は君が好きだった」

「……私を？　意味が」

「俺が六年のとき、萌音は四年。全校行事で新入生の面倒を見たときに、同じグループだったんだ。君は一生懸命に一年生の世話を焼いていた。その様子では俺を覚えていないようだな」

私と不破さんが同じ学校……？

コクッとうなずく私に不破さんは端整な顔に苦笑いを浮かべる。

「パリで君の名前を聞き、初めは同姓同名かと思った。どこに住んでいたか尋ねただろう？　学校も。日本に戻り君をあきらめられずどうしても会いたい思いに駆られ、調べさせてもらったが、君がパリへ行ったところまでしかわからなかった」

「あきらめられなかった……？」

黒い瞳に見つめられ、期待にトクンと鼓動が高鳴った。

「ああ。萌音は俺の初恋の子で、パリの一夜以降どんなことをしてでも俺のそばにいてほしくなった。目を覚まして萌音の姿が消えていてどれほど後悔したか。萌音が日本に戻ったと知って俺はうれしかった。愛している」

私を愛している？

驚きと安堵、これ以上ないほどの幸福感に包まれて目頭が熱くなる。気づけば涙が頬を伝わっていた。

その涙を彼はポケットから出したハンカチで優しく拭ってくれる。そして甘くキスを落とす。

「私も……愛しています。パリで不破さんに惹かれて、ホテルへ戻ったときにもう二度と会えないと思ってひどく落ち込みました。日本で会えるなんて信じられない奇跡が起こったけれど、わざと探し出して日本へ来たのだろうと思われるのが嫌で」

「たしかに、再会した萌音は冷たかった」

不破さんはあのときを思い出したのか、フッと笑みを浮かべた。

「赤ちゃんだけでも愛してもらえるのならと、結婚を決めたんです」

「萌音を愛していなければこんなに心配しないし、献身的にもならない。俺はふたりを愛しているのに」

「不破さんっ」

私は彼の胸に飛び込んだ。背にギュッと抱きしめてくれる不破さんの手を感じてようやくすべての糸が解け、幸せの入口に立てた気がした。

「その〝不破さん〟はいい加減にやめてくれないか？　俺の名前は知ってる？　雪成と呼べよ」

最後の『雪成と呼べよ』はいつにも増して甘くとろけるような声で、心臓がトクッと鳴った。

「萌音？」

楽しげに口もとを緩ませ、顔がグッと近づけられる。

「ゆ、雪成さん……」

「さんづけされると、年を取った気がする。俺たちは二歳しか離れていないのに」

「で、でも帝王ですから。ところで、今夜来ると言っていたのにどうして？　まだ午後になったばかりです」

「帝王って……まあいいか。仕事を大急ぎで片づけ、帰国を早めたんだ。ちょうど居合わせられてよかった。そろそろ俺の家に案内しよう」

雪成さんは私を立ち上がらせると、入口近くにあるクローゼットからすみれ色のコートを出して戻ってくる。

私にコートを着せた彼はサイドテーブルに置いたバッグを手に、病室を出ていこうとする。

「あ、ほかの荷物が」

「取りに来させる。行こう」

看護師や新谷先生には挨拶を済ませているので、ナースセンターの前を通るときに会釈しただけで病院を後にした。

病院を出てベリーヒルズビレッジの敷地内にあるレジデンスに向かう。徒歩五分といったところだ。

レジデンスの入口にはホテルのように制服を着たドアマンがいて、恭しく開けてくれる。

「不破さま、おかえりなさいませ」

「おつかれ。彼女は婚約者だ。これからうちに住むのでよろしく」

「おめでとうございます」

ドアマンの若い男性は驚いたように目を見開き、深く頭を下げてお祝いを口にした。

ロビーに入ってからもコンシェルジュの年配の女性に私を婚約者と紹介し、彼女もまた驚いていた様子だった。

帝王の突然の婚約に当然のリアクションなのだろう。彼を見れば口もとを緩ませていた。

三基あるエレベーターのうち、一基は最上階に住む雪成さん専用だった。

ロビーを見てもわかるが、とても贅の尽くされた建物である。

このレジデンスにはどんな人が住んでいるの？　自分がここの住人になるなんて、いまだに信じられない。

「ここだ」

エレベーターを降りてすぐに、雪成さんは豪奢なドアを指紋認証で開けた。

促されて室内へ入り、あまりの広さとシンプルでいて豪華なインテリアにあぜんとなる。白を基調とした家具と壁だ。壁はよく見れば、白地に金色の模様が入っている。

「温かみがないだろう？　萌音の好きなインテリアにしてもらってかまわない」

彼はコートを脱ぎ、無造作にブラウンのソファの背に置いた。それから私のコートを脱がし、同じくソファの背に並べる。

「そんなことないです。落ち着ける室内だと思います。変えなくてもこのままで十分です。広すぎて驚きました」

「萌音」

ふいに名前を呼ばれて、彼の腕が私の背に回った。

「やっと抱きしめられた」

私も雪成さんの腰に抱きついた。彼からほのかに香るフレグランスに、パリで出会ったときのドキドキする気持ちがよみがえった。

その夜、雪成さんはフレンチレストランのシェフを招き、ふたりで豪勢なディナーを素敵なダイニングルームで堪能した。

シェフと給仕の男性が帰った後、私たちはリビングでルビーチョコを使ったケーキとノンアルコールのスパークリングワインで、静かなクリスマスイブを過ごしている。

夕食の前に、私が住んでいたマンスリーマンションの荷物を取りにいき、契約を終わらせてきた。病室の荷物もここに運び終えている。

「萌音、左手を出してくれないか」

窓に向かって配置されたソファに並んで座る私に、雪成さんが紺色の小さな箱を開けてみせる。両サイドに開かれた台座に美しいダイヤモンドが輝いていた。

「君に会えてから俺の人生がこのダイヤのように輝き始めた。俺と結婚してくれるね？」

「雪成さん……はい」

「ありがとう。俺は君のものだ。これからの人生、幸せを分かち合おう。君を愛しむと誓う」

雪成さんは台座からエンゲージリングを取り出し、私の左手の薬指にはめてくれる。

ラウンド・ブリリアントカットの大きなひと粒ダイヤに、アームに二十四個のダイヤがびっしりと敷きつめられている最高に美しいエンゲージリングだった。

「ぴったりです。どうして……？」

「萌音が入院した日、眠っているときに」

「ありがとうございます。こんなに素敵な指輪、私の指にはもったいないくらいです」

目の前に左手をかざして、その美しさにため息が漏れる。

「もったいない？　いや、君は俺のジュリエットだ。指輪は君の美しさをより引き立てているよ。もう一度乾杯しよう」

彼は微笑み、シャンパングラスを私に渡す。

「雪成さん。プレゼントを用意できていなくてごめんなさい」

「できないのはあたり前だ。入院していたんだし。それにもう君からプレゼントはもらっている」

「えっ？」

受け取ったシャンパングラスを持ちながら、首をかしげる。

「子どもだよ」

「赤ちゃん……あ、ちょっと待ってください」

シャンパングラスをテーブルの上に置いて、リビングにあるチェストの上のバッグからエコー検査のときの写真を手に彼のもとへ戻る。

「写真を。こっちが頭です。わかりますか？ まだ七センチほどで」

「ああ。わかる……こんな小さいなんてな。生まれてくるのが楽しみだよ」

写真を食い入るように見つめて興奮気味に語る雪成さんがうれしい。

私たちはもう一度乾杯をして、雪成さんは顔を緩ませながら何度もエコー写真を見ている。

「そうだ。お父さん、胃がんだよな？」

「はい。手術で全部は取り除けなくて。雪成さんに電話をかけられなかったのも、父が倒れて入院したからなんです」

父はまだ入院中だ。

「萌音が入院した病院に、日本有数の優秀な外科医がいる。お父さんを診てもらわないか？」

「父を……？」

「俺にとっても義父になる人だ。少しでもよくなるのなら、診てもらう価値があると思う。ご両親に挨拶もしたい」

忙しい雪成さんの行動力は舌を巻くほどで、翌日母に連絡をして会い、その足で父のいる病院へ行くことになった。

両親は突然にもかかわらず、赤ちゃんも私たちの結婚も大変喜んでくれた。

父はベリーヒルズビレッジの病院へ二十七日に入院して検査する段取りになり、雪成さんは母が楽に見舞いに行けるようホテルの部屋まで用意してくれた。

今までの病院を退院し、ベリーヒルズビレッジの病院へ父の転院が済み、私は母をホテルに案内した。雪成さんは急ぎの承認の仕事があり、オフィスへ行っている。

母のホテルの部屋はジュニアスイートで、私もそうだけど母はひどく恐縮して戸惑っていた。

「私ひとりなんだから、こんなすごい部屋じゃなくてもいいのよ」

「お母さん、雪成さんの気持ちだから」

「先日挨拶に来たときにも、若いのに堂々として、普通の人とは違う感じを受けたけれど……萌音の旦那さまはすごい人なのね」

「そうみたい」

「そうみたいって……萌音らしいわ」

母はふふっと笑う。

雪成さんをひと言では語れないし、まだまだ私にも知らない一面があるはずだ。

「私も会ったらお礼を言うけど、萌音も伝えておいてね。お父さんも本当に感謝しているわ」

「お父さんがいい方向にいくといいのだけど」

「あまり心配しすぎないで、あなたはおなかの赤ちゃんを第一に考えてね」

「うん。大事な赤ちゃんだから」

私の職場復帰は来年の五日からになり、上司にはまだ伝えていないが、五月のコレクション後に退社すると雪成さんと決めていた。

父は大晦日から一泊の外泊が許可され、ホテルの母の部屋でお正月を四人で迎えられた。久しぶりのおせち料理とお雑煮を四人で食べられて楽しいお正月になった。

雪成さんのご両親はロスに移住しており、私はリモートで挨拶を済ませた。突然のことだったのにすんなり受け止めて祝福してくれた。今年早々にご両親が帰国して対面する予定だ。

結婚式は子どもが生まれてからにし、入籍は元日の初参りの後に済ませて、私は不破萌音になった。左手の薬指にはエンゲージリングとダイヤの入ったマリッジリングがはめられている。

この年末年始はのんびりと雪成さんと過ごせた。彼もその期間はいっさい仕事を入れないように調整したようだった。

本当に幸せに満ちた時間で、彼は私を存分に甘やかしてくれた。

「今日から一週間留守にする。体調が少しでも悪いと思ったら、無理をせずに休んで病院へ行くんだ。わかったな？　お義母さんにもお願いしておいた」

「はい。雪成さんもロンドン、気をつけてくださいね」

雪成さんは私の両肩に手を置き、額に口づける。それから唇にもキスを落としてくれる。これから一週間も会えないので、なかなかキスはやまなかった。

遅刻は厳禁。やっと離れた私たちは一緒に部屋を出て、オフィスビルへ向かう。

ロビーを進みエレベーターホールで別れる。私は三十階。雪成さんはヘリポートだ。

「行ってらっしゃい」

「ああ。行ってくる。萌音」

つないでいた手を離そうとした私の手がクイッと彼の方へ引き寄せられた。雪成さんの胸によろけ、口もとに笑みを浮かべた彼は、ここに人がいるのも構わずにキスをした。

触れるだけのキスだったが、私は恥ずかしくて辺りへ顔を向けられない。わが社の誰にも見られていませんようにと心の中で願う。

「もうっ……」

うつむく私の顎に手がかかり上を向かされる。

「ダ、ダメです。離して」

「すまない。我慢ができなかった」

そう言いながらも彼の表情はご機嫌で、確信犯なのだとわかった。

ひとりでこの場に残って、エレベーターに乗れないわ……。

私は腕時計へ視線を走らせ、まだ始業時間の十五分前だと確認した。

「雪成さん、ヘリポートへ一緒に行ってもいいですか？」

「もちろん」

麗しく笑みを浮かべた彼は、私の腰へ腕を回し、一番奥のエレベーターに乗り込ませた。

ヘリポートへ続くドアの前で雪成さんの秘書が待っていた。彼は私たちに丁寧に挨拶をし、ドアを開けて促す。

一歩ドアを出た途端、冷凍庫のような寒さに体を丸めた。

「寒いだろう。萌音、ここまででいいから」

「でも……」

これから一週間会えないと思うと、別れがたい。

「風邪をひいたら大変だ。行ってくるよ」

「……はい。行ってらっしゃいませ」

雪成さんはもう一度私にキスを落として、コートの襟を立てへリコプターに近づいていった。

その場にいれば彼が心配するので、へリコプターに乗り込もうとしたところで振り返った彼に大きく手を振って建物の中へ入った。

ヴォージュパリのオフィスへ入室し、企画課へ向かう。始業開始の五分前だ。

すでに席に着いている北島課長のもとへ行く。

「北島課長、おはようございます」

「伊藤さん、体調はよくなった？」

北島課長はパソコンから視線を私に向ける。

「はい。長いお休みをいただいたおかげで戻りました。ありがとうございました」

「無理をしないように」

「あの、ご報告がありまして」

「報告？　なにかな？」

私は元日に入籍を済ませた旨と妊娠を報告すると、彼はポカンと口を開いてあぜんとした。

「……驚いたよ。いや、おめでとう。ご主人はすごい指輪を贈れる人なんだね」

北島課長は私の左手へ目を向けた。

そこへ少し離れたデスクからパタパタと里加子さんが近づいてきて、「お話し中失礼します」と断りを入れたのち、私の左手を持ち上げた。

「萌音さん、結婚したんですね！　私見ちゃったんです」

「えっ？」

見たって、もしかして……。エレベーターホールでのキス……？

「ものすごくかっこいい男性と、高層階へ行くエレベーターにさっき乗り込みましたよね？」

キスシーンではなくホッと胸をなで下ろす。

「旦那さまって、このビルの高層階で働く方なんですか？」

私の結婚相手が帝王だと知ったら驚愕するかもしれない。後で説明をしようと曖昧にうなずいた。

お昼休みに里加子さんをランチに誘い、テナントゾーンにあるイタリアンレストランへ行った。

「ここ、ＯＬが気軽にランチできるレストランじゃないですよ」

「迷惑をかけたお詫びにご馳走させて」

「迷惑なんてなかったですから」

テーブルに案内されて着席した里加子さんは恐縮している。

「いいから、おいしいものを食べましょう」

ランチコースをオーダーしてから里加子さんが口を開く。

「萌音さんの馴れ初めを聞きたいと思っていたんです。あ！　新しい名字は？」

「えーっと……ふ、不破よ」

「えっ？」

里加子さんの目が大きく見開き、私は首をかしげる。

「もしかして高層階で働く旦那さまって、帝王じゃないですか？」

「どうかした？」

「……どうしてわかったの？」

今度は私が驚く番だ。

「やっぱり！　つい最近、帝王の名字が不破さんだと知ったんです。えーっ！　萌音さん、玉の輿じゃないですか！」

里加子さんは興奮気味に目を輝かせている。

私はランチを食べながら簡単に経緯を話すと、彼女はパリで知り合うなんてロマンティックだとうっとりしていた。

ロンドン出張中の雪成さんからは毎日連絡があって、声を聞くたびに早く会いたい気持ちでいっぱいになる一週間だった。

今夜、彼は帰国する。

ランチ休憩後、オフィスに戻り仕事をしていた私は、スマホのメッセージに気づく。

雪成さんからだ。

【今夜七時、会員制レストランで待ち合わせしよう】

うれしくて思わず笑みが漏れる。

「萌音さん、もしかして帝王からですか？」

彼女に何度も別の呼び方にしてと頼んでいるが直らない。

「今夜戻ってくるの」

「だから今日はそわそわとしてうれしそうだったんですね。萌音さんったら、かわいいです。まあ、あのかっこよさだったら私でもそうなっちゃいますけどね。本当にうらやましい……」

頬杖をして「はぁ～」とため息をつく里加子さんに表情を崩す。

待ち合わせなんてなんだかドキドキしちゃう。

今日着ている服はクリスマスイブにプレゼントしてもらった真紅のニットワンピースだ。ふと同じ服を着ていた第二秘書の高山さんを思い出す。

彼女は自分が雪成さんの一番近くにいる女性で、自分が彼に愛されていると思い込み、水面下で彼を誘惑する女性たちを排除してきたようだ。行きすぎた行動に高山さんは第二秘書を解任され、別の系列会社に異動になったと聞いている。

雪成さんが今まで独身だったのは高山さんのおかげなのかもしれない。彼女の行動には驚いたけれど。

そっと腹部に手をやると、以前より少し膨らんできて、赤ちゃんの存在を実感している。

昨日は検診日で、少し大きくなった赤ちゃんのエコー写真をもらったので、雪成さんに早く見せたい。

赤ちゃんの成長に彼は目じりを下げて喜んでくれるだろう。

待ち合わせの十分前にオフィスを出て、会員制レストランへ向かう。一週間ぶりに会えるうれしさで、いつもより歩く速度が速くなる。

五十四階にエレベーターが到着し扉が開き、目の前に黒いスーツを着た男性が立ち姿勢正しく頭を下げられる。

「奥さま、お待ちしておりました」

そう呼ばれるのはくすぐったいが、表情をやわらげペコリとお辞儀をする。

「雪……主人は着いていますか？」

「お部屋の方におられます。先ほどまで打ち合わせがあったようです」

コートを脱ぎながら、男性の案内で個室へと歩を進めた。

「あ、ここでいいです」

部屋の前で男性に断りを入れて静かにドアを開け、雪成さんがいるであろうテーブルの方へ視線を走らせる。そこに雪成さんは座っていなかった。

いない……？

「ただいま」

耳をくすぐる声にハッとなって横を向いた瞬間、私は抱きしめられていた。

「雪成さん、おかえりなさい」

「会いたかった」

「私もです」

抱きしめられていた手が解かれ、雪成さんは私をテーブルの方へ進ませる。

「さっきまでお仕事をしていたと聞きました」

「ああ。萌音に早く会うためにここへ来てもらったんだ」

雪成さんの気持ちがうれしくて、私の顔は満面の笑みになった。

私たちは口に入れるとすぐに溶けるシャトーブリアンをいただき、贅沢な夕食を終えて帰宅した。

ソファでくつろいでいる雪成さんの隣に腰を下ろし、一枚の写真を見せる。

「エコー写真です。あれから少し大きくなりました」

「本当だ。無事に成長していてうれしいよ。これからどんどん大きくなっていくんだな。会えるのが楽しみだ。これは俺がもらっていいか？」

「これを……ですか？」

「ああ。手帳に挟んで持っていたい」

雪成さんはもう一度エコー写真の赤ちゃんを見て満足そうに微笑む。

「相当甘いパパになりそうですね」

「かもしれないな。でも俺が一番愛しているのは萌音、君が俺のプリマバレリーナだ」

「私も愛してます」

彼はチュッと唇にキスを落とし、私の腹部へ手を伸ばすとなでる。その手つきは優しく、子どもが誕生したら雪成さんは本当に激甘なパパになるだろう。


八カ月後。

九月三十日、私たちは家族三人でパリへ来ていた。念願のパリへのハネムーンだ。

私は六月の下旬、予定日よりも三日遅れで男の子を産んだ。

安産とは言えないくらい大変な出産だったが、胸に抱いた生まれたての赤ちゃんを見たら、痛みやつらさなんてどこかへ行ってしまった。

へその緒を切ってくれた雪成さんも感慨深かったようだ。

目は私似、高い鼻や唇は雪成さんに似ている。パリで命が芽生えたことから、巴里《パリ》から一文字取り、巴成《ともなり》と名づけた。

三カ月に入ったばかりで、私たちの愛情をたっぷり注がれすくすくと成長している。

年明けに手術をした父は元気になり、仕事に復帰し、休日には母と一緒に巴成に会いにくる。

雪成さんのご両親は先月帰国し、昨日まで滞在してロサンゼルスに戻った。

ご両親が帰国している間の一昨日、私と雪成さんは親しい友人と親族を招き、結婚式を挙げた。

そしてその翌日、雪成さんのプライベートジェットでパリに飛んだのだ。

宿泊するホテルは一年前のあのときと同じ。

「巴《とも》くんを置いて劇場へ行くなんて、大丈夫かしら……」

黒の膝下までのドレスがベッドの上に置かれている。レース使いが美しいフェミニンなドレスだ。それを横目に、これから支度をしようとしている雪成さんに尋ねる。

私もこのドレスを着て、出会った劇場へ出かける予定だ。

劇場はこのホテルの目と鼻の先だというものの、巴くんが心配でならない。

雪成さんは私の両頬を大きな手で包み込む。

「心配するのはわかるが、慣れたベテランのシッターさんを日本から連れてきているんだ。問題ないだろう。なにかあったら連絡をすぐ入れるよう、出かける前に再度伝えよう。着替えて。遅刻するよ」

「……はい」

夫婦の時間も必要だからと雪成さんの立てた計画は用意周到で、巴成が生まれたときから頻繁に見てもらっているベビーシッターの女性も同行している。彼女は三十代で、私も心から信頼している。

連絡があったらすぐに戻れるのだからと、納得して着替え始めた。

雪成さんのタキシード姿は見慣れたが、今日は場所が違うせいかその端麗な姿を見て鼓動が激しく打ち鳴り始めた。

「綺麗な奥さま、そろそろ行こうか」

彼の唇が頬に触れる。

「はい。素敵な旦那さま」

笑いながら彼の腕に手を置いて、エスコートされながら部屋を出た。その足で、隣の部屋にいる巴くんに会いにいった。

眠っており、ベビーシッターの女性も「おまかせくださいませ。素敵な夜をお過ごしください」と言ってくれて、ほんの少し肩の荷が下りて劇場へ向かった。

バレエの演目は、『ジゼル』だ。

過去にもジゼルの公演は何度かあり、パリにいた頃チケットが手に入らずに観られなかった。

私たちは一年前と同じボックス席に座り、素晴らしい公演を堪能した。もちろん幕間には豪華なホワイエで赤ワインを飲んだ。

「なにもかもがあのときみたいです」

劇場を後にして、バーのテーブルに着席してふっと微笑む。去年のようにすぐ近くの席で恋人たちが抱き合ったりキスをしたりしている。

「あの頃が懐かしいな」

「はい。こうして雪成さんと一緒にいられて幸せです。瞬く間に過ぎていった一年でした」

思い出に浸りたくて、ドライマティーニを私は頼んだ。彼はコニャックを。

「雪成さん、あのときの私、こんなに少ない量のカクテルを頼んじゃって、あとどのくらい一緒にいられるか考えていたんです」

「俺も夜を終わらせたくないと思っていたよ」

コニャックのグラスを傾けながら、雪成さんは思い出した様子で口もとを緩ませる。

「えっ？　で、でも、そんなそぶりは……試してやるって」

「俺ががっつく態度を見せていたら、おそらく萌音は引いていただろうな」

「……そんなことは」

あのときの決心を思い出した途端、顔が急激に熱くなって、ドライマティーニをゴクゴク喉に通す。

「クッ、今日も俺を誘惑してもらおうか」

「えっ？」

「あのときの俺を誘惑する萌音がかわいすぎた。もう限界だ。部屋へ戻ろう」

雪成さんはコニャックのグラスをグイッとあおるように飲み干し立ち上がり、私に手を差し出した。

部屋に入った雪成さんは、あのときのようにベッドに進み腰を下ろした。そして、端整な顔に不敵な笑みを浮かべて「おいで」と言う。

「雪成さん……」

一気に一年が巻き戻された感覚に陥る。

妊娠期間中、こういった行為がなかったので緊張感は否めない。

あのときのように私はショールをはずしながらそろりと彼に近づく。

「もうなにも知らなかった私ではないですからね。雪成さんが参ったと言うまで誘惑しますから」

冷静にそう言いつつも心臓はドクドク激しく暴れて、体が疼いている。

「それは楽しみだな。お手並み拝見といこうか」

雪成さんは余裕の表情だ。まさに〝帝王〟の風格。

私はヒールを脱ぎ捨て、手をうしろにやってドレスのジッパーをゆっくり下げ、彼の足の間に立った。

ドレスはかろうじて体に留まり、雪成さんのタキシードのジャケットを脱がせて、フットベンチに放る。

彼の首のうしろに手を伸ばして蝶ネクタイをはずした。

雪成さんは口もとに笑みを浮かべたまま、指一本動かさない。

「私に全部脱がせる気ですね？」

「もちろん」

「では私に触れないでくださいね」

私は彼のドレスシャツのボタンを半分はずして、引きしまった素肌をなでていく。

「忙しいのにしている運動は誰のため？」

腹部の割れた素肌をなで、指先を胸板へ動かし敏感な場所を愛撫する。

「わかっているだろう？　萌音の指を楽しませるためだ」

私はクスッと笑って、雪成さんの片方の膝の上に跨いで座った。カマーバンドをはずした指を腹部に走らせ、彼を押し倒した。

雪成さんを組み敷いたところで、ドレスが脱げ黒のレースのランジェリー姿があらわになった。

小さく息をのんだ彼に、笑みが浮かぶ。

ドレスシャツのボタンをすべてはずしズボンのボタンに手をかけると、その下がはちきれんばかりに膨らんでいた。薄い布の上からそっとなでると、彼は耐えきれなくなったように口もとをゆがめる。

「どうしたんですか？　もう触れたい……？」

「ああ。限界が来ている」

微かに呻き声をあげて降参をした雪成さんは私をシーツの上に押し倒した。

「俺の負けだ。君の魅力に抗えきれなかった。俺のプリマバレリーナ」

雪成さんは甘く唇を重ねた。コニャックの香りがする大人の口づけだ。

「どんどん君が好きになる」

「私も……私だけの帝王」

彼はふっと笑みを浮かべると、私を抱きしめた。

特別書き下ろし番外編

不破家の夏休み

こんなに綺麗な紺碧を見たことがなくて息を呑んだ。

「パパ、ママー、しゅごくきれいー」

対面に座る雪成さんに抱きかかえられるようにしている愛息子のかわいらしい声が〝青の洞窟〟に響く。

「巴くん、すごい青だね。雪成さん、〝カプリ島の青の洞窟〟が美しいって聞いていたけれど、これほどだなんてびっくりだわ」

「ここの壮麗な景色を見せたかったんだ」

雪成さんは端整な顔を満足そうに緩ませる。

五人がやっと座れるボートの上には、私たち家族と案内人のイタリア人男性が乗っている。

〝青の洞窟〟はイタリアの有名な観光地で、洞窟の入り口はとても狭く、半分ほど水中に埋もれているので、波が静かな日でなければ入れない。

ベストシーズンは六月～八月。

船底に体を沈めるようにして洞窟内に入って、その神秘的な美しさに呼吸を忘れるほどだ。

「パパっ、およぎたいよ」

「ここでは無理だな。ホテルに戻ったら泳ごう」

雪成さんの大きな手のひらが優しく巴成の髪の毛をくしゃっとさせた。


一週間前の七月下旬。

「萌音、仕事を調整して今週半ばから十日間オフだ」

二十三時過ぎに帰宅した雪成さんはスーツの上着を脱ぎ、それを受け取る私に勝ち誇った顔を見せる。

「え……」

なぜ雪成さんが得意満面なのかと言うと、昨日の日曜日の夜、夕食を食べ終え、巴成はセンターテーブルの上でお絵描き、私と雪成さんは並んでソファに座りテレビを何気なく見ていたときのこと。

映っていたのは、数組の家族があちこちの旅をする番組だった。

「そうか。もう夏休み。どおりで空港が混雑していたのか」

雪成さんは商用で昨日カナダ・トロントから帰国していた。

「巴成も幼稚園休みだよな？」

息子は四歳と二カ月。早いもので幼稚園生になっていた。

自分の名前を呼ばれて、父親の方へ顔を上げて「うん」とうなずく。

「どこか連れて行ってやりたいな」

「ふふっ、今の状況では無理なんじゃない？」

彼の気持ちはうれしいけれど、毎週のように出張続きだし、オフィスではものすごい量の書類に忙殺されている。

「雪成さんの出張に合わせて実家に泊まりに行くわ。気にしなくていいからね」

巴成が幼稚園に入るまでは商用で海外出張する際、連れて行ってもらったことは何度もあるが、ここ一年は予定が合わなかった。

「いや、スケジュール調整をする」

「年内のスケジュールは事細かに決まっているはずでしょう？　無理しないで」

「萌音、無理をしてでも君たちとの時間を作るからな」

きっぱり宣言した彼はふいに立ち上がり、書斎へ消えた。

そして、月曜日の今日、帰宅した雪成さんは不敵な笑みを浮かべたのだった。

三日後、有名なヴェスヴィオ火山が眼下に広がり、雪成さんのプライベートジェットはナポリ・カポディキーノ国際空港に着陸した。

ナポリに到着してからチャーターしたフェリーで、イタリアのリゾート地として有名なカプリ島へやって来た。

〝青の洞窟〟の自然の神秘的な美しさを堪能してからホテルに戻る。

街の中心部にある五つ星ホテルは白を基調としたインテリアがエレガントで、テラスから小高い山やかわいらしい街並み、紺碧のティレニア海などが一望できる。

テラスの床はイタリアらしいカラフルなタイルが敷き詰められ、太陽を遮るガーデンチェアに体を横たえると動きたくないくらいのんびりした気分になる。

ホテルへ戻ってきた巴成はテラスに出たくてうずうずしている。

「パパ、プールであそぼ」

「そうしよう。ママに着替えさせてもらいなさい」

「ママー、パパがあそんでくれるんだ！」

「よかったね。巴くん、お洋服脱げるかな？」

「うん！」

あまり親子の時間が持てていなかったので、巴成は父親にべったりで常にうれしそうだ。

やっぱりこうして雪成さんと休暇を過ごせてよかった。

プール用の水着をクローゼットから持ってきた私は、愛息子が衣服を脱ぐのを見守る。

脱ぎ終わった小さな体に水着を穿かせているうちに、雪成さんが現れた。彼も引き締まった体に、膝丈の水着を身に着けている。

「雪成さん、飲み物は?」

「萌音と同じでいい」

「レモネードを頼むつもりなんだけど、いいの?」

彼に確認するも、待ちきれない巴成に腕を引っ張られ「ああ」と、慌ただしくテラスに消えて行った。

あまり酸っぱいのは好きじゃないのに。

受話器を取り上げて、ルームサービスを頼む。

雪成さんの好みではなかったときのために、アイスコーヒーも追加注文した。

脱ぎ散らかした巴成の服を集めて、丁寧に日焼け止めクリームを塗り終わったときチャイムが鳴った。

ホテルスタッフからオーダーしたものを受け取り、チップを渡してテラスへ向かう。

テラスにあるプールは横二メートル、縦十五メートルくらいで、大人が泳ぐには物足りないが、子供は充分楽しめる。

巴成が父親に肩車された後、バシャンとプールの中に落とされている。すぐに浮上した彼は楽しげにケタケタ笑って、もっととせがむ。

一歳の頃からスイミング、三歳からリズム体操や英会話、サッカーや空手を習わせている。

巴成は好奇心旺盛で賢く、運動神経がいい。雪成さんにとてもよく似ている。

「飲み物来たわよー」

ガーデンチェアの横のテーブルに飲み物を置き、座って背もたれに体を預ける。

冷たいレモネードを飲みながら、ふたりの楽しそうな姿に頬を緩ませて見ている。

カプリ島はレモンの産地だそうで、お酒や料理、お菓子などにレモンが使われている。恵まれた気候でレモンの出来がよく、そのためか、レモネードもとてもおいしいのだという。

この暑さなので、氷がたっぷりの酸っぱいレモネードは喉越しがいい。

ひとしきり父親と戯れた巴成は、「みてみてー」とひとりで泳いでいる。自分がちゃんと泳げるのを誇示したいのだ。

子供にはこのプールは深いので、雪成さんはずっと付き添い、ときどき褒めてあげている。

「そうだ、巴。うまいぞ」

「パパ、およぐのはきもちいいね」

褒める彼と楽しそうな息子の声、そよそよとした風が眠りに引き込まれていった。

ぴしゃっと顔に水滴がかかり、ハッとして目を開ける。

「ママっ！」

巴成が私の顔を覗き込んでいた。

笑顔を浮かべると、巴成もニコッと笑って抱きつく。綿のワンピースは濡れて、彼のおかげでびしょびしょだ。

「巴、ママはお昼寝をしていたんだから起こしてはダメだろう？」

そう言いながらも、雪成さんも笑っている。

「私、どのくらい眠って……」

「十分くらいじゃないか」

腕時計へ目を落とし、隣のガーデンチェアに腰を下ろす。

巴成は私の膝の上に乗り、温くなったブラッドオレンジジュースを飲み始めた。

普通のオレンジジュースよりも酸味が控えめで、ゴクゴク飲んでいる。

やっぱりこのジュースにしてよかった。

一方、雪成さんはレモネードをひと口飲んで、顔を顰《ひそ》めた。

「やっぱり酸っぱいでしょう?」

「飲めなくはないな」

強がりを言う雪成さんに笑う。

「アイスコーヒーを飲んでね。それは私が飲むから」

昨日からビタミンCをたくさん採っているせいか、お肌がいい感じだ。

「雪成さん、すごく幸せな時間ね。連れて来てくれてありがとう」

「巴成もあっという間に大きくなるし、これからは前もってスケジュール調整して君たちを連れ出すよ」

「気持ちはうれしいけれど……」

「大切なのは家族だ。仕事ばかりの人生なんてつまらない。それは萌音に出会ってから気づかされたが。今回の旅行は巴がずいぶん大きくなったのを痛感したよ」

雪成さんは巴成が眠ってから帰宅するので、平日はほとんど接する時間がない。

「巴くんは父親と遊ぶのは私と遊ぶよりも楽しそうだわ。だから時間の許す限り一緒にいてほしいけれど、お仕事に支障のないようにしてね」

「わかってる」

雪成さんは顔を私の方に伸ばして唇にキスをする。

「ママー、僕も！」

巴成の顔が私の唇に近づくところで、大きな手のひらが阻む。

「あ！　パパっ」

「巴成、ママの唇はパパだけのものだからな。頬にキスをしろよ。唇にキスするのはいつか好きな子ができてからだ」

雪成さんはなんてことを言うのっ？

「もうっ、変なことを教えないで。幼稚園で女の子にキスしたら大変よ」

彼は苦笑いを浮かべてから、巴成の頬を両手で挟んで自分の方へ向ける。

「幼稚園じゃダメだぞ。パパとママのように大きくなってから。大きくなって好きな子ができたら俺に相談するんだ」

巴成はよくわからない表情だ。

「……うん。ママ、ぼくおなかすいたよ」

「もうそろそろ、五時ね。雪成さん、外のレストランで食べてからブラブラしたいわ」

「そうしよう。巴成、シャワールームへ行こう」

「うんっ！」

私の膝から降りた巴成は雪成さんと手をつないで室内へ入っていった。


帰国の前にナポリで二泊して観光をした。

ヴェスヴィオ火山を望むナポリの街は、私のイメージは茶色。紀元七十九年ヴェスヴィオ火山の大噴火により、一瞬にして火山灰に埋もれてしまった古代都市ポンペイへも足を伸ばした。

小さい巴成には今はわからないけれど、これからも世界に触れる機会を与え、いろいろなことに興味を持ってほしい。

正午過ぎ、ナポリ王宮を観て、すぐ近くにあるサン・カルロ劇場のそばを歩いていたとき、辺りに「待て‼」と怒号が響き、突然警察官ふたりが私たちの横を駆け抜ける。

「なにかあったの？」

「誰かを追っているみたいだな。ナポリはスリが多いからな」

十メートルほど離れた広場で、警官ふたりが男を捕まえるのが見えた。

「わぁ〜かっこいい！」

私たちの間で手をつないでいた巴成がふいに声を上げた。

「パパ、あのひとはだぁれ？」

巴成がキラキラした目で雪成さんを見上げる。

「警察官だ。悪い人を捕まえるんだ」

「わー、かっこいいな〜　パパ、ママ、ぼく、けいさつかんになりたいっ」

巴成の発言で、思わず私たちは顔を見合わせた。

不破家の長男は雪成さんのように帝王学を学び、いつかは父親のようになる。そう私は勝手に思っていたが、巴成の人生だ。強要はできない。小さい頃はなりたい職業がたくさん出てくるのは充分承知しているが、冷や水を浴びせさせられたような気がした。

夕食を食べ終え、お風呂に入った巴成はベッドに入るなりすぐに眠った。あちこち歩き回って疲れたのだろう。

贅沢なインテリアのリビングを通り、その先のキングサイズのベッドの上に雪成さんがいる。

体を起こしてコニャックを飲みながら物思いにふけっている様子。

「雪成さん、巴くんのことを考えているの？」

「まあ、そんなところだな」

ベッドの端に腰を掛けて、雪成さんへ体を向ける。

「幼稚園児の言っていることだし、なりたいものはすぐにコロコロ変わるわ」

そうは言っても、なにになりたいなどと口にしたのは初めてだった。

雪成さんの髪に指を差し入れ、そっとなでるように動かす。

「萌音」

ふいに彼の手が私を引き寄せ、筋肉のついた美しい胸に抱きしめられる。雪成さんを見上げると、口もとに笑みを浮かべている。

「雪成さん、気落ちしていたんじゃ……？」

「巴成が警察官になりたいと言ったことで、落胆していると？」

「ええ……」

私の思い過ごしだった……？

「子供には憧れるものが出てくる。俺だって、別の仕事に目を向けようとしたときがあった」

「え？　ほかの職業を？　いったいなにを？」

雪成さんの胸から顔を離して見つめる。

「医者だ。まあ、すぐに向いていないとわかったが」

「雪成さんがお医者様、想像できるわ。お医者様になっても一流だったと思う」

彼が「クックッ」と押し殺した笑いをする。

「ずいぶん持ち上げてくれるんだな」

長い指が私の鼻をちょんと摘まむ。

「向いていないって思ったのは？」

「診察室や手術室にいるよりも、世界中を飛び回りたかったんだ」

「今の仕事ね」

「まあ俺は否が応でも後を継がされることになったが、巴成には多様な選択をさせてやりたい」

「雪成さん」

いったん彼の腕から離れ、ベッドに上がって雪成さんの脚を跨ぐ。手を彼の肩に伸ばし、形のいい唇を注視する。

「今まで巴成だけで手が回らないと思っていたけれど、そろそろふたりめを考えない？」

雪成さんの顔へ自分の顔を近づける。唇が重なる少し手前で止めて、視線を上へ向ける。

「俺を誘惑しているのか？」

「思い出さない？　パリのホテルで私が誘惑して巴くんに会えたの。あなたのためなら、何人でも産んで育てるわ。何人も男の子がいたら、誰かが雪成さんの跡を継いでくれる――」

突として唇が塞がれ、甘く口腔内を堪能してから、離される。

「俺は萌音に似た女の子がほしい」

「え？　女の子？」

「ああ。女だからって跡を継げないわけではないだろう？」

くるっと体が反転させられ、雪成さんに組み敷かれる。私は口もとを緩ませ彼の首を引き寄せ、キスを求める。

「健やかに育ってくれるのなら、どちらでもかまわない」

「私もそう思うわ」

お互いがクスッと笑って唇を甘く食んだとき――。

「あー、パパとママ、またキスしている！」

巴成の声に私はビクッとしたが、キスを止めた雪成さんは「はぁ～」と吐息を漏らし、ゆっくり顔を愛息子の方へ向ける。

私から体を離して、ベッドの端に座った彼は巴成を手招きする。

「パパとママは夫婦だから当たり前なんだ。どうした？　怖い夢でも見たのか？」

「おみずがのみたくて、おきちゃったんだ」

「持ってくるわね」

ベッドから出ようとすると、「俺が飲ませる。萌音は来なくていいよ。巴成、行こう」

「うんっ」

ふたりは五分くらい戻ってこなかった。ふたりの話し声が聞こえるけれど、なにを話しているのかわからない。

雪成さん、変なことを言っていないといいんだけど……。

話し声は聞こえなくなり、寝かしつけてくれているのだろうかと思ったとき、ふたりが戻ってきた。

巴成は満面の笑みでベッドに乗って真ん中を陣取り寝そべる。

「念のためトイレに行かせたよ」

雪成さんもシーツに体を滑らせ、川の字になる。

「ママ、ぼくね。大きくなるまで女の子にキスしないからね」

「え……?」

「大きくなって本当に好きな子ができたらキスするんだ。そうじゃないと、ママみたいに素敵な女の子が逃げて行っちゃうんだって」

雪成さんへ視線を向けると、彼は苦笑いを浮かべる。

「ほら、巴成、もう寝ろ」

「う～ん……眠くない」

すぐに寝そうもない様子に、雪成さんは「はぁ～」とため息をつく。

「萌音、東京に戻るまでお預けだな」

雪成さんは私からニコニコしている巴成に口もとを緩ませ視線を向けた。

その顔は父性愛に溢れ、ふたりの仲のいいところを見るたびに私は幸せな気分になる。

「萌音」

「はい？」

雪成さんが片方の肘をつき上体を起こし、私も同じようにする。

私たちの顔の下には巴成の顔がある。

キョトンと雪成さんを見ていると、彼の顔がぐっと近づいて唇に軽くキスを落とされる。

「おやすみ」

「ふふっ、おやすみなさい」

「ぼくもーおやすみしてー」

微笑み合う私たちの下で巴成がせがんで足をバタバタさせる。

「仕方ないな」

雪成さんが呟き、私たちは巴成の頬に同時に唇をあてた。

END

ファンレターのあて先

〒104-0031
東京都中央区京橋 1-3-1
八重洲口大栄ビル７F
スターツ出版株式会社　書籍編集部　気付

本書へのご意見をお聞かせください

お買い上げいただき、ありがとうございます。
今後の編集の参考にさせていただきますので、
アンケートにお答えいただければ幸いです。

下記 URL または QR コードから
アンケートページへお入りください。
https://www.berrys-cafe.jp/static/etc/bb

本書は、2021年1月・4月に小社マカロン文庫より刊行された『【極上の結婚シリーズ】クールな彼が独占欲を露わにする理由』『【極上の結婚シリーズ】若き帝王は授かり妻のすべてを奪う』に一部加筆・修正したものです。

【ベリーズ文庫溺愛アンソロジー】
極上の結婚3～帝王&富豪編～

2022年4月10日　初版第1刷発行

著　者　西ナナヲ　©Nanao Nishi 2022
　　　　若菜モモ　©Momo Wakana 2022
発行人　菊地修一
デザイン　hive & co.,ltd.
マップデザイン　tamacco design
校　正　株式会社文字工房 燦光
発行所　スターツ出版株式会社
〒104-0031
東京都中央区京橋1-3-1　八重洲口大栄ビル7F
TEL　出版マーケティンググループ　03-6202-0386
(ご注文等に関するお問い合わせ)
URL　https://starts-pub.jp/
印刷所　大日本印刷株式会社

Printed in Japan

乱丁・落丁などの不良品はお取替えいたします。
上記出版マーケティンググループまでお問い合わせください。
定価はカバーに記載されています。

ISBN 978-4-8137-1249-7　C0193

ベリーズ文庫 2022年4月発売

『いっそ、君が欲しいと言えたなら～冷徹御曹司は政略妻を深く激しく愛したい～』 玉《たま》紀《き》直《なお》・著

洋菓子店に勤める史織は、蒸発した母が大手商社の当主・烏丸と駆け落ちしたことを知る。一家混乱の責任を取り、烏丸家の御曹司と政略結婚することになった史織は愕然。彼は密かに想いを寄せていた店の常連・泰章だった。表向きは冷徹な態度をとる彼だが、ふたりきりになると史織を甘やかに攻め立てて…。

ISBN 978-4-8137-1246-6／定価704円（本体640円＋税10%）

『極秘出産でしたが、宿敵御曹司は愛したがりの溺甘旦那様でした』 黒《くろ》乃《の》梓《あずさ》・著

令嬢の実亜はある日、病床の父に呼ばれて行くと、御曹司・衛士がいて会社存続のため政略結婚を提案される。実は彼と付き合っていたがライバル会社の御曹司だと知って身を引いた矢先、妊娠が発覚！　秘密で産み育てていたのだ。二度と会わないと思っていたのに子供の存在を知った彼の溺愛が勃発して…!?

ISBN 978-4-8137-1247-3／定価715円（本体650円＋税10%）

『義兄の純愛～初めての恋もカラダも、エリート弁護士に教えられました～』 葉月《はづき》りゅう・著

短大生の六花は、家庭教師をしてくれている弁護士の聖に片想い中。彼に告白しようと思った矢先、六花の母親と彼の父親の再婚が決まり、彼と義兄妹になってしまう。彼への想いを諦めようとするも…「もう、いい義兄じゃいられない」――独占欲を露わにした彼に、たっぷりと激愛を教え込まれて…。

ISBN 978-4-8137-1248-0／定価726円（本体660円＋税10%）

『【ベリーズ文庫溺愛アンソロジー】極上の結婚3～帝王&富豪編～』

ベリーズ文庫の人気作家がお届けする、「ハイスペック男子とのラグジュアリーな結婚」をテーマにした溺甘アンソロジー！　ラストを飾る第三弾は、「若菜モモ×不動産帝王との身ごもり婚」、「西ナナヲ×謎の実業家との蜜月同居」の2作品を収録。

ISBN 978-4-8137-1249-7／定価726円（本体660円＋税10%）

『冷徹ドクターは懐妊令嬢に最愛を貫く』 一《いち》ノ《の》瀬《せ》千景《ちかげ》・著

製薬会社の令嬢ながら、家族に疎まれ家庭に居場所のない蝶子。許嫁でエリート外科医の有島は冷淡で、委縮してばかり。ある日有島にひと目惚れした義妹が、彼とは自分が結婚すると宣言。しかし有島は「蝶子以外を妻にする気はない」と告げ、蝶子を自宅へと連れ帰りウブな彼女に甘い悦びを教え込み…!?

ISBN 978-4-8137-1250-3／定価715円（本体650円＋税10%）

ベリーズ文庫 2022年4月発売

『不遇な転生王女は難攻不落なカタブツ公爵様の花嫁になりました』 狭《さ》山《やま》ひびき・著

女子高生の花音は自身が乙女ゲームの悪役王女・ソフィアに転生していると気づき大混乱！　取り乱す彼女の前に「久しぶり」――なんと親友の由紀奈もこの世界に転生していて…!?　ふたりはソフィアの破滅を回避するため、花音の「最推し」で冷徹公爵のランドールとラブラブ夫婦になるべく奮闘するが…？

ISBN 978-4-8137-1251-0／定価715円（本体650円＋税10%）

『悪女のレッテルを貼られた追放令嬢ですが、最恐陛下の溺愛に捕まりました』 篠宮《しのみや》渚《なぎさ》・著

薬師として働くエスターは、その美貌から「男をたぶらかす悪女」のレッテルを貼られ、国外追放されてしまう。森で野犬に襲われそうになったところを、冷酷国王・ベルナルドに助けられ、城に置いてもらうことに。ところが、とある事情で婚約者のふりをさせられるも、気づけば本当に溺愛されていて…！

ISBN 978-4-8137-1252-7／定価704円（本体640円＋税10%）

ベリーズ文庫 2022年5月発売予定

Now Printing

『再婚なんて、絶対にしませんからね！～実は私たち、元夫婦なんです～』　田崎《たさき》くるみ・著

借金を返すため、利害が一致した財閥御曹司・誠吾と契約結婚した凪咲。完済し、円満離婚した…と思いきや、就職先の航空会社で誠吾と再会！　彼は社内で人気のパイロットだった。昔はCAになるため勉強中の凪咲を気遣い離婚を受け入れた誠吾だったが、「もう逃がさない」と猛追プロポーズを仕掛けて…!?

ISBN 978-4-8137-1245-9／予価660円（本体600円＋税10%）

Now Printing

『タイトル未定』　若菜《わかな》モモ・著

母の借金返済のため、政略結婚が決まった紗世。せめて初めては好きな人に捧げたいと願い、昔から憧れていた御曹司の京極と一夜を過ごす。すると、なんと彼の子を妊娠！　転勤する京極と連絡を絶ち、一人で育てることを決意するが、海外帰りの彼と再会するやいなや、子ごと溺愛される日々が始まり…。

ISBN 978-4-8137-1260-2／予価660円（本体600円＋税10%）

Now Printing

『俺様外科医と契約結婚』　立花《たちばな》実咲《みさき》・著

保育士の美澄がしぶしぶ向かったお見合いの場にいたのは、以前入院した際に冷たく接してきた因縁の外科医・透夜だった！　帰ろうとするも彼は「甥の世話を頼みたい」と強引に美澄を家に連れ帰り、さらになぜか結婚を申し込んできて…!?　冷淡に見えた彼は予想外に甘く、美澄は彼の子を身ごもって…。

ISBN 978-4-8137-1262-6／予価660円（本体600円＋税10%）

Now Printing

『志筑家の新婚夫婦は離婚したいし、したくない』　砂川雨路《すながわあめみち》・著

社長令嬢の柊子は幼馴染で御曹司の瑛理と政略結婚することに。柊子は瑛理に惹かれているが、彼の心は自分にないと思い込んでおり、挙式当日に「離婚したい」と告げる。昔から柊子だけを愛していた瑛理は別れを拒否！　この日を境に秘めていた独占欲を顕わにし始め、ついに柊子を溺愛抱擁する夜を迎え…。

ISBN 978-4-8137-1261-9／予価660円（本体600円＋税10%）

Now Printing

『溺愛圏外』　ふじさわさほ・著

銀行頭取の娘である奈子は、鬼灯グループの御曹司・宗一郎とお見合いをする。紳士的な彼とならとプロポーズを承諾するも、直後に手渡されたのは妊娠や離婚などの条件が書かれた婚前契約書で…!?　まるで商談のように進む結婚に奈子は戸惑うも、彼がたまに見せる優しさや独占欲に次第に絡め取られていき…。

ISBN 978-4-8137-1263-3／予価660円（本体600円＋税10%）

タイトル、価格等は変更になることがございますのでご了承ください。